长篇报告文学

沸腾的 山村

刘裕国 著

四川文艺出版社

图书在版编目（CIP）数据

沸腾的山村／刘裕国著. —成都：四川文艺出版社，2021.10
ISBN 978-7-5411-6124-7

Ⅰ.①沸… Ⅱ.①刘… Ⅲ.①报告文学—中国—当代 Ⅳ.①I25

中国版本图书馆 CIP 数据核字（2021）第 180049 号

FEITENG DE SHANCUN
沸腾的山村

刘裕国　著

出 品 人　张庆宁
责任编辑　路　嵩
责任校对　段　敏
封面设计　圣立文化

出版发行　四川文艺出版社（成都市槐树街 2 号）
网　　址　www.scwys.com
电　　话　028-86259287（发行部）　　　028-86259303（编辑部）
传　　真　028-86259306

邮购地址　成都市槐树街 2 号四川文艺出版社邮购部　610031
排　　版　成都圣立文化传播有限公司
印　　刷　四川立杨彩色印务有限公司
成品尺寸　165mm×240mm　　　开　　本　16 开
印　　张　12.5　　　字　　数　125 千
版　　次　2021 年 10 月第一版　　印　　次　2021 年 10 月第一次印刷
书　　号　ISBN 978-7-5411-6124-7
定　　价　48.00 元

序　章

"峭石丛中寻马路，乱山堆里看人家。"这是清代一位文人对宜宾珙县乡村的描述。

大自然给了珙县人不公平的待遇。大地的胸膛，在这里一点也不柔软，兀地隆起，褶皱成山，山脊呈锯齿状，山与山拥挤得透不过气来。土质多由石灰岩和紫色页岩组成。天府之国的美称，压根儿就与珙县无缘。

然而，珙县人意志比岩石坚硬，珙县人的精神比大山崇高。他们从来不曾向大山低过头。追溯久远，珙县是僰人的诞生地，僰人是古代中华民族大家庭的组成部分。据《珙县县志》记载：从先秦开始，僰人身栖山区，披荆斩棘，刀耕火种，在长期的生产生活实践中，练就出笃定信念、负重自强、宽厚仁义等独具一格的精神品格，留下了多彩的民间风情，璀璨的文化韵律。

中华人民共和国成立后，僰乡大地揭开了历史的崭新篇章。

七十多年风雨兼程，砥砺奋进。珙县的决策者告诉我，珙县"是智者施展才华的热土，是能者奋发作为的舞台"。

珙县上罗镇代家村党支部书记史进洪就是这样的"智者"和"能者"。

蛰伏在大山沟的代家村，距离县城七十多公里，与临县一河之隔，对于珙县，它是一个偏远的角落。多少年来，代家村人揣着脱贫致富的梦想上路，一路打拼，筚路蓝缕，但还是吃尽了穷山恶水的苦头。当时光的指针指向2001年，代家村还是一个远近闻名的"光棍村"，全村有二十多个青壮年找不到对象。

2001年6月，史进洪通过公推直选，当选为代家村党支部书记。

19年，在历史的长河中只是一个瞬间，而代家村的变化令人震撼：

2020年，全村人均纯收入从2001年的1574元跃升到27543元，集体经济从0元跃升到102.58万元，代家村成为远近闻名的"富裕村""花园村"。现在的代家村，家家是老板，户户有汽车，年轻人大都不外出打工了。

2019年，四川省乡村振兴示范村出炉，代家村赫然在册。

2021年6月，我再次走进代家村。跟着踌躇满志的史进洪在山梁上转悠，脚下的柏油路乌亮宽阔，蜿蜒盘旋，若丝带般飘逸，不时有村里的小轿车"嗖嗖"地从身边开过。举目四望，满眼新绿，满目生机。山下，姹紫嫣红的花木产业园一片连着一片。新建的大棚泛着白光，一溜远去，直抵山脚。山上，茂密的经济林绿浪翻滚，气势夺人。绿荫环抱的村民新居点依山而建，鳞次栉比，黛色点染，具有浓郁的川南民居风格，在晨光的映照下，熠熠生辉。

这是一个周末，进入村图书室和群众文化活动中心的人群络绎不绝，笑语频传。一条条入户路，路灯相随，彩石镶边，各种雕塑构成的文化符号遍布居民点。大型生态养殖场碧波荡漾。这一切，正向人们展示着眼下代家村人的生活品质。

史进洪说："代家村有今天，不是我个人有能耐，是村'两委'（党支部委员会和村民委员会）按照县委的要求走对了路啊！"

目 录 CONTENTS

第1卷　打通经络

第2卷　观市场风云

第3卷　一把金钥匙

第4卷　土地的潜力

打通经络

发达地区的乡村快速崛起，它的背后，有一个共同原因是"基础设施"。

史进洪立下誓言：

为代家村打通经络，再硬的骨头也要啃下！

1．就职演说

吃过早饭，代家村人像大集体时期看坝坝电影一样，拿着高矮、长短不一的板凳，走出一座座低矮的农家院，从那些藤蔓一样的田埂上往村委会聚拢。

朝阳刚爬上代家村最高的那座山梁，村里高音喇叭响了起来，声音从村委会传出。

高音喇叭播放着激动人心的《运动员进行曲》。乐音高亢，把整个会场、整个代家村都罩在激越的旋律之中。仿佛代家村所有的山梁、石头地、破茅屋，所有的树木、玉米苗、小溪流都在欢呼，都在引吭高歌。

新当选的村支书史进洪要发表就职演讲。

这天是2001年6月18日，对于珙县上罗镇代家村来说，注定是一个具有里程碑意义的日子。因为这一天，代家村的能人史进洪在"公推直选"中由村文书当选为村支书。"公推"流程十分严格而透明：群众推荐、党员推荐、组织推荐和个人自荐相结合，公开推荐产生党支部委员、书记候选人。

史进洪才27岁，上罗镇最年轻的村支书。不，也许是全琪县最年轻的村支书。

主席台上，史进洪端端正正地坐着。他的左边是镇上领导和驻村干部，右边是即将卸任的老支书。主席台的背后，村委会的几间破旧瓦房与今天的气氛极不协调。靠右边转一个拐，有个公共厕所，不时有人进进出出。

主席台的前面是一个爬满铁马鞭草的土场子，有两三百平方米。此时，密密麻麻坐满了人，嗡嗡嘤嘤的说话声，有如三月油菜地里采蜜的蜂群，谁也听不清他们在说着什么。人群头顶升腾着一缕一缕青烟，浓烈的叶子烟味把整个会场包围了，有人被呛得不停咳嗽，但没有人说"滚一边抽烟去"。

代家村人好多年没有这样热热闹闹地聚会过了，今天都特别兴奋，他们都想来听听新当选的村支书史进洪的就职演讲。

看得出史进洪情绪有点激动。尽管他一直保持着微笑，但笑容掩饰不住内心的紧张，毕竟他才27岁。敦实的身材，黝黑的圆盘脸，一双眼睛闪着灵光。他第一次面对台下五六百双火辣辣的眼睛。这些眼睛里，充满着期盼和渴望。但他也看到，有些眼睛里充满了不屑。

和村民一道长期挑溶洞泉水的史进洪，对村里人的心态再了解不过了。

镇上领导做了开场白的讲话后，说："下面，请我们代家村新任书记史进洪同志发表就职演讲，大家欢迎！"说完，麦克风递到史进洪跟前。

镇干部带头鼓起掌来。

台下的掌声骤然响起，像雨打芭蕉，掌声中还夹杂着尖锐的呼哨。

史进洪笑了笑，站起来，然后慢慢向乡亲们鞠了一躬。

第一次面对话筒，史进洪用咳嗽声来抑制自己的怦怦心跳。

很快，史进洪镇定了下来，会场也变得鸦雀无声。

他先说了几句客套话、感激话，然后直奔主题："我从小就生活在代家村，对我们代家村的情况再熟悉不过了。我们代家村之所以这么贫穷，不仅仅是因为它土地贫瘠，是石头村，是无区位优势、无产业、无资源的'三无村'，更主要的是我们还没有找到适合我们村发展的路子。跟大家透个底，我们村这次党支部换届，是我主动向组织提出要参加村支书公推直选的，我的目的不是想过官瘾，再说，村支书也不是什么官，就是我们国家最基层的为人民服务的干部。我17岁起上煤窑找工作，但没着落；后又砍了两拖拉机的原木做股金，与人合伙开煤窑，但好景不长，不到一年煤窑被查封；我又回家养牛、代销化肥、养兰草……我的目的只有一个——摆脱贫困。经过拼搏和努力，我成了我们村第一个万元户，盖起了我们代家村第一栋楼房，但我并不满足，我还想有小车，想水泥路修到我们代家村的每一座院落。我参加村支书竞选，唯一的愿望，就是带领大家都住上好房子，过上好日子，让家家都富裕起来。目前，摆在我们面前的路有三条：要么死守石头地，继续种苞谷、洋芋、红苕受穷；要么青壮劳力全部外出打工，累骨头养肠子，汗干钱完；要么齐心协力跟我干，闯出一条符合我们代家村发展的致富路……"

讲到这里，台下响起热烈的掌声，人群中不知谁吼了一句："我们愿意跟着史书记干！"

台下村民都跟着喊起来："我们愿意跟着史书记干！"

那声音，像压抑了很久的岩浆迸发而出。

三社村民周道容冷不丁冒出一句："跟着你干？开煤窑煤窑被停，养牛牛死。一个百事不成的人，怕到头来大家连苞谷糊糊都没得吃。"周围的目光都看向了他。周道容马上闭了嘴，仰头看向天空，正好有一只鹞鹰在山间盘旋。

周道容说得似乎也有道理。经历就是财富。27岁的史进洪坎坷的经历，让他年纪轻轻就显得成熟而稳重。

然而，史进洪并不是周道容所说的百事不成，不然村里怎么只有他一家最先建起楼房？

周道容在村里学历最高，读过两年高中，肚子里的墨水自然是胜人一筹。平日里，他爱看书，爱思考，爱给村干部提意见，初衷当然是为了村里变好。而意见提得多了，加上又是口无遮拦，他在村里的形象就是个"挑刺客"。以前，经常找村干部的茬，认为村里人的穷，就是村干部无作为，没有当好带头人，弄得有的村干部见了他就绕道走。村社干部的所作所为，他总是嗤之以鼻，总是要冒点杂音。也难怪他有这种心理。四十多岁的周道容有老母、妻子、一对儿女，一家五口人，尽管和村里大多数人一样，包产到户多年了，还是穷得连一台黑白电视都没有，还时常断粮断炊，但周道容每天头上的偏分发型都是弄得油光可鉴，衣服也穿得周吴郑王，大热天别人都赤脚在田野上跑，他还会丝光袜子套凉鞋，斯斯文文地去自家山坡地里当监工，看妻子除草。不了解的人，看到他这般形象做派，一定会以为他是乡镇干部。

从周道容的穿着打扮可以看出，他内心对美好生活的追求是十分强烈的，比村里任何一个人都想富。可此刻，他对史进洪这个新当选的年轻村支书心存质疑。

不过，代家村更多人觉得，日子从这一天起，有了新的盼头。

2．不能再叹息

中午回到家里，四方桌上一盘红亮的腌腊肉和一碗香喷喷的白米干饭迎接着史进洪。史进洪的热泪一下子涌出了眼眶。

什么是爱？这就是。

这是妻子对他当选村支书的祝贺。史进洪感动了。

妻子与大多农家女人一样，把爱埋在心里深处，从不说出来，只是默默地支持和帮助男人。

一碗白米干饭、一盘腌腊肉，这样朴实的爱，是一束玫瑰花永远也替代不了的。

被逼无奈，许多村民背起蛇皮袋，翻过兵团沟，到异乡去找工作。

史进洪家在村民眼里是"万元户"，住洋房了，但从苦日子里爬出来的史进洪，依旧保持着勤俭节约的农家本色。

在史进洪的记忆里，代家村对富裕的定义，无非就是一年四季填得饱肚子，过年能够杀一头大肥猪。

说起史进洪家的老底，代家村无人不知，在当地以穷出名。

他父亲患有气管炎，干不了重活，就是走路快一点，都喘气不匀。母亲一只眼睛失明，走路不稳。1987年，史进洪小学毕业，那时还没普及九年制义务教育，本来他考上了初中，却因某个原因不得不再读一年小学，这时他已经14岁了。

也就是这一年，家里开始给他请媒人，张罗相亲了。

不要笑，也不要问为啥这么早就开始相亲。代家村穷啊，代家村没娶上媳妇的光棍起堆堆，就是娶了媳妇的，也有人娶的二婚，有的是比男人大三五岁的"大姐"。所以，父母怕他也打光棍啊。

史进洪到现在还记得清清楚楚，第一次相亲是1988年冬月廿六。女方家来了一群人，像搜查队一样，打开他家的柜子、粮食囤子看，里面都空落落的。房屋也就那么三间正房，石头墙，小青瓦。两头两间低矮的茅草屋是灶房和茅厕。一群人就那么看了一眼，第一门亲事就黄了。

史进洪记忆里，从14岁起，几乎每年都要相几次亲，都因为家里穷而告吹。直到22岁，才被一个杨姓女子相中。这之前，他相过亲的女子都可以坐两桌了。

这个杨姓女子，就是他现在的妻子，就是用白米饭和一盘腌腊肉向史进洪成功竞选村支书表示祝贺的女人。

要是以往，史进洪会三口两口干完一碗白米饭，今天他却吃得有些哽咽。

许多锥心的往事一幕一幕地涌上心头。

1991年，史进洪进了职高，每年需缴60元学费。但就是这看起来不多的60元，对史进洪的家庭来说却是巨款。读了一年，家里实在拿不出钱了，他只得辍学回家。

这年，史进洪17岁。

他想外出找工作，凭自己的力气挣钱，改变一家人的命运。

一个要好的朋友想帮助他，给他介绍了兴文县底洞镇一家硫铁矿上的一个熟人，让史进洪去那里找他，或许可以进去挣钱。

听到这个消息，史进洪有点兴奋，1992年冬月廿五的一大早，天还不亮，他就揣了两个苞谷面馍馍，把仅有的20元钱放进内衣口袋里，沿着家门口那条弯弯扭扭的小路，踏着露珠和满山沟的狗吠，一个人独自上路了。

寒冬的天，冷得要命。他身上只穿了一件亲戚家给的破棉袄，地上的霜，仿佛都往身上爬，往破棉袄里钻。

从代家村走了20里山路，一个多小时后到了上罗镇。这里，有开往底洞镇的班车。史进洪花了3.5元钱，坐到了底洞镇。而硫铁矿厂并不在镇上，离底洞镇还有40里。

史进洪从来没走过这么远的路，到了黄昏，终于腰酸腿软地到达矿区。当时，工人们正在伙食团打晚饭，他打听了三个人，才找到朋友的熟人。

史进洪尽管是第一次出门，但出门时父亲叮嘱过他："找人办事，我们家没有钱送礼，你也得买包烟。"说完，就把家里仅有的20元钱交到史进洪手上。

想起父亲的话，史进洪到矿区小卖部买了当时较上档次的红梅烟交给熟人，请他到带班组长那里去给说说情。

史进洪满怀着希望而来，熟人却让他败兴而归。熟人向他转达带班组长的话："暂时没活干，先回去等着。"

史进洪离开硫铁矿时，天已经黑下来了。

夜里底洞镇肯定没有公共汽车，再说身上已无分文，有车也没钱买票。

史进洪只得选择走玉和苗族乡穿竹林山的近道回家。

回家的路全是山路，七上八下，弯弯曲曲，有些路段盘旋在悬崖峭壁上，没有火把，史进洪走得胆战心惊。走到玉和苗族乡，进了一片竹山。竹林里黑洞洞的，一不小心，就惊起野鸡，扑棱的响声吓得他毛骨悚然。

大概凌晨1点过了，天下起雨夹雪，又饿又冷，史进洪实在走不动了，就靠在一棵竹子下歇息。

身子冻得抖了起来，身上那件亲戚给的破旧棉袄已经淋湿了，不保暖了。他把地上的竹叶收集成一堆，然后钻了进去，奔劳一天的史进洪就这样睡了过去。

醒来时，鸟儿叫得很欢，史进洪的心情却很沮丧。

第一次出门打工，就这样败兴而归。

当时，在史进洪看来，外出打工是他唯一出路，一有机会，他就会抓住。

1993年春天，一个朋友找到他，约他一起承包筠连县一个小煤窑。史进洪觉得这是一个机会，满口答应了，但他没有资金。朋友说："建煤窑需要厢木，你家有片山林，树木可以做成厢木入股。"朋友的话点亮了史进洪的眼睛。

2月17日，过了大年，史进洪开始上山砍伐厢木。斧起斧落，砍得手心起了血泡，还得一根一根扛到机耕路边，找来拖拉机运到筠连县的小煤窑，当上了小煤窑半个股份的老板。

可能他的运气不好，煤窑开采不久，恰遇上面下令全面整顿小煤窑。他与人合伙的小煤窑，理所当然的在整顿之内。小煤窑被叫停，不过还好，这回他除了厢木本钱，还是小赚了一笔，有两三千元吧。

煤窑不能干了，史进洪窝在家里，他想用自己的第一桶金发展产业。

史进洪瞅准了养牛。他认为，养牛是一个简单的产业，山村里谁家没养过牛。

但是，养得多，就不一样了。

一天，史进洪发现几头牛不反刍，他着急了。村里有老年人告诉他一个偏方，说用叶子烟熬水喂，可治。

为了节省钱，他没请兽医，就熬了叶子烟叶水来喂，结果，把那几头牛喂死了。

还好，养牛没亏本，还赚了一点点辛苦钱。不过，史进洪对养牛没了热情，他不想养了。他有个姑妈在镇上，帮他联系到给供销社代销化肥的生意，100元给1.5元的提成。一年下来，有两三千元。也是这一年，他看到市场上的兰草被炒得很高，反正在家里，山上也有野兰草，可以挖回来种在小院子里，培育一段时间就可拿去卖。

这些小打小闹的尝试和经历，就是前面周道容说的"百事不成"。

一本苦情账，在史进洪心里压了很多年。每每想起，都不免喟然长叹，但史进洪告诉自己，从今天起，不能再叹息！

第二天，东边天际刚吐出一丝鱼肚白，史进洪就和村主任史学松跋涉在毫雾山崎岖的小路上……

史进洪是由村文书当选为村支书的，还兼着文书的职务，全村有十多名党员，村"两委"班子就他和史学松两个人。新官上任，头三脚怎样踢？史进洪心里并不是很有底，上任伊始，他要做的第一件事就是带着史学松问道毫雾山。

当时的代家村有5个社，251户人家，1087口人，散居在4平方公里的毫雾山里。一连几天，他们把每个社都走了一遍，走访了几十户人家，想听听村民的诉求。

"村里有两个社已经断电半年了。"

"改革开放这么多年了，代家村的路没多大变化。"

"水、水、水，代家村缺水就好比人体没有血液。"

……

铁脚走出紧迫感。眼下，摆在史进洪面前的，有许多亟待解决的"老大难"。这些难题，直接关乎村民们的生产生活、衣食住行。当务之急，是补上发展农村生产和保障村民生活的基础设施建设的短板。这既是代家村人生存的支撑，又是代家村人追赶时代的屏障。

3．再硬的骨头也得啃下

晚上，史进洪坐在自家的二楼阳台上，看着黑黢黢的村子，心中有股说不出的酸楚。"村里有两个社已经断电半年了……"村民的话不时地在他耳边回响。

都是因为穷啊！村民们交不起电费才偷电，才造成电价高涨，才恶性循环，才更交不起电费，以至于供电所不得不停电。

史进洪的眼角不禁湿润起来，他想着怎样让黑咕隆咚的村子亮堂起来。

所谓偷电，就是村民们为了节约一元两元钱电费，在电表外的线路上搭线照明。这很危险，干这事的多半是年轻人。

偷电行为，让供电所输出的电量与村民们电表里的度数相差甚远，额外消耗的电就得村民们分摊，以至于造成本来几角钱一度的电价，竟然高达2.5元一度。这样，没偷电的村民又不干了，不愿交电费。偷了电的人家，也不愿交。毕竟分摊后的电费太高，他们承受不起。

村民偷电，是个屡禁不止的现象，以至于每年不是这个社被停电，就是那个社被停电。史进洪上任时，代家村有两个社已经停电半年之久。这半年里，村里人的生活似乎又回到以前，用煤油灯、蜡烛照亮，看不了电视……这些都还可以克服，关键是眼下正是干旱的夏季，地里玉米苗、红苕藤划根火柴都可以点燃了，急需抽水浇灌保命。不然，下半年缺粮户会猛增一大半。

史进洪心里火烧火燎。望着对面山梁上的那轮下弦月，点了一支又一支烟，当他把最后一个烟蒂弹向空中的时候，默默地下定了决心。

第二天，史进洪在村委会破旧的办公室里召开了收缴拖欠供电所电费的专项会议。各社社长都表示头疼，收款难。

史进洪说："要是好收，我还召集大家来开这个会干啥？我们要改掉以往那种遇难就退的工作作风，今天回去，大家都分头挨家挨户去做工作，让拖欠电费的农户在一周内把电费凑齐。当然，我也会到各社来协助做工作。"

好一个"凑齐"，史进洪说得自己眼里都有了泪花。就几元钱的电费，还得"凑"。村里人穷得着实让人心里难受。

这是史进洪就任后抓的第一项工作。上任没几天，他就下社去参加2社催缴电费的群众大会，下面就炸开锅了：

"把公摊的那部分除去，我们就交。"

"先把偷电的查出来，不然，我们老实人每年都帮他们交电费，太吃亏了。"

"这么高的电费，我家用不起电了。停了好，反正又没有电视，没有洗衣机，没有电饭煲。"

……

这天晚上，2社召开的收缴拖欠电费的会，就在大家七嘴八舌的争论中结束了，没有一点结果。

史进洪真正感受到群众工作难做，难就难在他们对领导干部不信任，难就难在村"两委"在群众中没有威信。

但是，难做也要做，他没有后退；他有满腔的激情，他得"抓铁留痕"。

以后的几天，史进洪和各社社长一道，采取了各个击破的策略。白天，一户一户走访，做工作，让村民找别人借点，再拿点自己家的鸡蛋去卖了，把电费先交上，让供电所先把电供上。

困难户史学旺（化名）对他说："史书记，你是万元户，把你的钱借点给我嘛。"

史进洪真的就把自己身上的钱拿出来借给了那家困难户。

晚上，史进洪又去社里开会，表扬先交电费的农户，尤其提到史学旺，说："史学旺是我们社的困难户，老实巴交，他不会偷电吧？他都先交了，你们还好意思拖欠吗？"

史进洪的一席话，让大家有了一种拖欠电费和偷电的耻辱感。

也多亏史进洪有耐心。逐一单个面对面交谈，讲解，并在会上保证，村上今后会狠狠地制止偷电歪风。几天过去了，群众的思想工作居然被他做通了，拖欠电费收齐了。

6月30日，史进洪亲自把收到的电费送到供电所。这天晚上，代家村黑了半年的夜晚，又有了明亮的灯光。

这第一个难题，从史进洪6月18日上任村支书到圆满解决，仅用了12天时间。

为了禁止偷电行为死灰复燃，史进洪要求各社社长、村干部与村电工一道，担负起夜间巡查偷电的义务。同时，也发动村民相互监督。偷电现象很快被制止，村里的电价直线下降了一半，村民们用电用得心里踏实了。

代家村的偷电现象被遏制了，但是，村民们用电用得并不开心。用电高峰期，电压很低，灯泡里面的钨丝红红的，像一根烧红了的铁丝装在玻璃罩里，以前的煤油灯都比它亮。白天忙碌一天，晚上想看看电视节目，听听收录机解解疲劳，可就是放不出来。那电，好像是故意要来气你。就是你急，生气，气得骂人也没办法。最难熬的是夏天的晚上，想吹一下电风扇，那风扇叶片晃晃悠悠就是转不起来。睡到床上，热得睡不着，只好去门外找一个风口，让风吹凉快了再去睡。

更为恼人的是农忙时节，白天没时间去打米磨面，晚上挑着粮食去村加工坊，电机就是转不动。如果吃到米缸没米才去打米，晚饭就只有去邻家借米下锅。这样的事情，许多村民都遇到过，史进洪家也遇到过。有天晚上9点过，史进洪回到家，妻子在地里砍油菜还没回家。史进洪去煮饭，走进厨房，米缸米没有了，面粉袋里面粉也没有了。想启动家用打米机，一看头上发红的灯泡就泄气了。只得等到晚上 11 点过，大部分人睡了，电压恢复正常，才启动电机把米打出来。

史进洪问村上电管员，怎么解决这个问题。电管员说，原来那台变压器功率太小，村里电器设备增多，负荷大了，需要换台功率大的变压器。于是，史进洪亲自起草申请书，往镇供电所跑，往县供电局跑。

2002 年秋天，上罗镇有两个村争取到了国家农网改造项目，其中一个就是代家村。初冬时节，代家村农网改造拉开了序幕。电力部门派来专业电力工人负责技术上的操作，而挖窝子、抬杆子、立杆子、拉线则需要村上组织劳动力配合。

这是一个大工程，需要发动全村农户参与。史进洪召开了由各社社长和群众代表参与的动员会，把任务分配到各社，由社长当组长，组织群众投工投劳。

400 多根杆子，就有 400 多个窝子。从上罗镇到村委会的共享线路，5 个社平分。村到各社以及到各家的入户电杆，都由各社自行负责。分工明确合理，各社都没意见。各社又把挖窝子的任务分到各家各户，村社干部都不例外。

挖窝子、立杆子会踩踏一些地里的庄稼，占据一小点面积的土地。这在山村是一个敏感问题，需要村干部去协调。因此，每天施工现场至少有一人担任现场总指挥，协调纠纷和负责施工，史进洪与村主任史学松轮番值班。

史进洪一直待在工地。寒冷的冬天，早上 7 点出门，一到工地，就甩开膀子干。电线杆子大都运不到位，到进窝子这一段距离短则几十米，长则几百上千米，都靠人工抬。杆子长度分别是9米和13米两种规格，重量达好几百斤。史进洪组织村里的妇女挖窝子、拉线、备瓷瓶，各尽所能，自己带着男劳力抬电线杆。胳膊粗的木杠压在肩头上，一双解放鞋踩过坑坑洼洼的路面，爬上一道道坡坎，走着走着，腿肚子就打战。史进洪嘴里喊"嗨哟嗨哟"的号子，脸上的汗水像瀑布似的往下淌。他与村里的壮劳力肩扛木杠，一字排开，走在队伍的最前列。他知道，无论多累人，只要自己的脚步不停，抬电线杆队伍的脚步就不会停。一个多月下来，每个人肩上都磨掉了一层皮。

年底，新的线路全部架通，变压器也换成了大型的。这年过春节，代家村人终于看了一台完完整整的央视春晚。

电是山村的眼睛，灯光给了代家村人一副好心情，他们打心眼里感谢这个新上任的支部书记。史进洪也因此明白了一个道理：不啃硬骨头，难聚众人心。往后，再硬的骨头也得啃下去。

4．不能打退堂鼓

史进洪从1996年3月开始当村文书，村民们心中的所需所盼，以及一些"小九九"，他都了解，也一直揣在心里。

史进洪心里也特别清楚，作为一个新上任的村支书，且是一个年纪轻轻的村支书，要在群众中树立威信，让老百姓信服，就得为他们办实事，而不是空口演讲，开空头支票。

停电、偷电、电压低的问题得到圆满解决，史进洪仍然松不下一口气。在他的心里，代家村的道路建设任重而道远。

路，是一个村子能不能远行的大经络。代家村不仅贫困，还是一个经络不通的"病人"，他得一步一步给它打通，让代家村成为一个强健的"壮汉"，让世人刮目相看，让代家村走在致富奔小康的路上。

改革开放这么多年了，外面的村子甩起腿跑，而代家村几乎还在原地踏步。不说东北平原、华北平原、东南沿海，就说四川省，大多数村子都修通了通村通组通户的水泥路，村民们买化肥、卖粮食，车子直接开到家门口。修新房，建筑材料直接运到宅基地。人家那日子，才叫红红火火，才叫奔小康，看着就羡慕，睡着了都能笑醒。而代家村呢，就一条"农业学大寨"时期修的机耕道，还只到村小学门口，其他各社要运货卖粮，都得人工搬运。一遇到下雨，那些被拖拉机压出的槽沟里的积水，十天半月都不会干，摩托车不安装防滑链都骑不出去。这些落后与艰辛，史进洪记忆最深刻。

1999年，史进洪用自己开煤窑、养牛、养兰草、代销化肥积攒的两万元，修了代家村第一栋楼房。为选址和运建材，他可谓费尽心思。首先，那么多火砖、预制板、河沙、水泥得运到位，不然，人工搬运会是一笔很大的额外开支。他在帮镇供销社代销化肥，每个季节运回的肥料，不能搬运太远，不然，豆腐盘成肉价钱。

选来选去，最终把宅基地选在离机耕道20米远的地方。父亲说："找阴阳先生架下罗盘，看有没有好风水，把堂屋的方位定准。"老一辈把一家人的财运都寄托在宅基地的风水上，却很少想过怎样去改变自己的命运。

史进洪想，只要交通方便有新房住，那就是好方位，就是风水宝地。他是共产党员，哪能信那个邪。

过了两天，晚饭时他父亲再次问他："找人看屋基地风水没有？"

他骗父亲说："阴阳先生说了，就那里的风水好。"

于是，打地基，运建材，请泥水匠，代家村的第一栋楼房耸立起来了。靠机耕道近，摩托车可以直接骑进家门口。史进洪家的出行方便了。但机耕道只通到村小学，更多的农户远离机耕道，他们出行，还得走一里、两里、三里的小路。这小路，在代家村是真正的小路，最多一尺五宽。

村里老人说，"蚂蚁路过都要拄拐杖"，指的就是代家村的那些小路。

如果走路不看路，谨防掉到沟里。下雨天就更不用说了。没在小路上摔过跤的人，在代家村根本就找不到。

到史进洪2001年6月18日接任村支书时，其他社基本上修通了从主道到社的机耕道，尽管坑洼不平，但毕竟晴天时，摩托车、三轮车这些小型机动车辆能够通行。但3社大湾里的十多家农户出行就恼火得很，他们离机耕道远，那一尺多宽的小路，推自行车都不好走，更别说骑摩托、三轮了。平时买一袋100斤的肥料，有劳力的男人可以背回家，那些留守女人就苦了，得把一袋分成两袋，才能搬回家。好不容易喂了一年才养大的肥猪要出栏了，屠夫不愿意来买，实在碍于乡里乡亲的脸面，勉强答应买，一斤得比别人少卖两角钱。为啥？车子开不进户，还要花人工费请人抬到村小学校门口上车。

3社有38户农户，有25户靠公路近，出行方便一点，唯独大湾里这13户，史进洪是亲眼看着他们一年又一年吃尽不通路的苦。他想牵头组织他们投工投劳，开出一条宽敞的土路。

也真是印证了那句话："民有所愿，我就有所应。"

8月的一天，史进洪在村委会办公室，正在细致规划大湾到村委会那一段路启动细节时，3社的杨申林、徐元琼等几个村民来到了村办公室。

史进洪以为是来让他调解民事纠纷，以前这样的事很多。除此之外，老百姓一般是不会到村办公室来的，那时，他们自觉不自觉地与村干部保持着一定距离。

史进洪忙起身相迎，正要询问，领头的杨申林就发话了："史书记，从收缴拖欠电费这件事上，我们看出你是干实事的人。我们今天来呢，就是想请求你帮我们办一件实事。"

"啥事？你慢慢说。"史进洪已经猜到他们来的目的了。果然，他们提出了修路的诉求，说他们一直都盼着修通一条宽敞的路，向上一届班子提过好几次，因为被沿途占地调剂的问题难住，都没得到落实。

杨申林一行五六人生怕史进洪推却，七嘴八舌地诉苦：

"史书记，我们村大部分社都有通社路了，就我们大湾这十多户，住在那里像一座孤岛，自行车都骑不出去。"

"史书记，你是看到的，我们买化肥要人背，卖粮食要人背，卖肥猪要人抬，你说我们住那大弯弯里恼火不恼火？"

"史书记，你看我这膝盖，前几天下了点雨，去学校接娃娃，摔成了跛子，现在还一颠一颠的。"

"史书记，我们……"

史进洪拿出办公桌上的一张草图给他们看。上面是大湾到村小学的线路图，标着沿途要占的农户土地。

"史书记，原来你已经在替我们规划了啊。"

一群人有些激动。

史进洪说："村上没有产业，没有钱，大家是知道的。所以，我在想，修这条路的资金，主要靠你们大湾的受益住户。修路需要的工具、炸药，都得你们自己出钱。村上能做到的，就是把沿途的占地给大家调节好，保证修路畅通，不发生阻拦纠纷。另外，我已经向镇上写了申请报告，看能不能为你们争取到一点项目补贴。"

"有史书记这句话，我们心里就踏实了。只要村上把占地解决好，投工投劳投钱的事，我们自己解决。"杨申林激动地说。

第二天傍晚，史进洪去了3社，让3社社长召集全社村民召开修路动员会，着重把修路所占土地的调节问题提出来讨论。有些农户不答应占他们的地，说本来是好好的一块地，又在别处去补偿一小块，犁地都要多拿一次犁耙。会开到晚上10点，占地问题还没得到完全解决，因正是秋收时节，考虑到大家第二天还要干农活，史进洪宣布散会。这天是2001年8月26日。

史进洪动了一下脑筋，直接上门去找那些被占地的农户。他一户一户地做工作，晓以大义，苦口婆心，终于和大家谈妥。他趁热打铁，28日上午又去了3社。这一次，他把村文书史天全也带上，随即对所占土地进行丈量，做好调整方案，一次性把土地调节的事情搞定了。

余下的，就看大湾十多户村民的了。

他们自己挑了个"黄道吉日"——2001年9月5日。他们自己选出杨申林、徐元琼为牵头人，负责派工、施工器具的保管和物资的采购。采购的钱，自己协商，人均20元，加上镇上补贴的1000元，全部用于买钢钎、二锤、炸药、雷管。钢钎、二锤都好办，可以随便买，而炸药、雷管属于国家管控的高危品，私人买不到的。找到村上，史进洪说："我负责把手续办理好，你们只管专心修路。"

史进洪开了村上的修路证明，又到派出所办了相关手续。很快，修路所需的雷管、炸药运回了3社。

从大湾到村小学的路，都是沿着山梁走，多坡坎多石头，也多沟壑。沟壑自然需要石头码砌填方，好在大湾十多户住户，平时守着大湾的石头山，靠山吃山，培养出了好些石匠，比如杨申林、杨申贵、杨申才、杨联友、杨申泉……几乎每家的男劳力都会打石头。这些石匠成为修路的主力军，他们带领大湾50多个人，依靠钢钎、二锤、雷管、炸药，苦干、狠干、早干、晚干、晴天干、雨天也干。他们把老光石打烂，用于码堡坎，把炸烂了的碎石沙土搬去填低处壑口。除了忙农活，大湾人其他时间几乎都花在了修路上。史进洪都不记得自己为这条路跑去看过好多次了，有空的时候，还帮着抬几坨石头。时间紧的时候，就给他们指点一下，叮嘱一下注意安全。

在没有机械设备的情况下，修了一整年，这条1.5公里的土公路才算修通。

3社的自建路修通了，其他社的心和眼睛也热起来。史进洪在没有集体经济支撑的情况下，采取3社的修路模式，硬是打通了一条又一条通社路：

2004年，4社修通3.1公里；

2005年，2社修通1.7公里；

2006年，5社修通2.3公里；

2008年，2社与3社修通连接路2.8公里。

史进洪感受到，修路最大的难题，就是所占土地的调整。修4社的路，放线时就遇到一个大麻烦。史进洪与4社社长放路线到孙淮英家房前时，被拦下来了。孙淮英60多岁，路基要占一点她家还耕了的老屋基，当时里面栽有蔬菜，孙淮英不同意，史进洪与社长同时去做工作，她还是不答应，口气很坚决。

村里修路第一次遇到阻力这么大的农户。村民不答应，修路就得搁浅，一搁浅，刚在老百姓心目中竖起的一点威信就没有了。史进洪铁了心，不能打退堂鼓。

对孙淮英，史进洪也很能理解。她在穷窝子里爬了几十年，土地就是她的命根子，寸土不让也是情理之中的事情。如何才能做通孙淮英的思想工作？史进洪想到了她的儿子史元绪。史元绪在巡场煤矿上班，算见过世面，思想应该比他母亲开通，不妨让他来做做母亲的工作。

第二天一大早，史进洪骑上摩托，载上村主任，一起来到巡场。刚说明来意，史元绪就表示支持。过了两天，他果真回家做通了母亲的工作。

延误了7天之后，4社的通社路开工了。

其实这种现象在每个社都有，都是极个别，开开会，做做思想工作，大家就同意了。

几年下来，代家村的动脉经络已经打通。在打通经络的同时，代家村的花卉苗木产业也在稳健发展。村集体通过苗木协会，收取2%会员销售额管理费等，已经有了一定积蓄。村"两委"在提取管理费时定下制度：提取的管理费，取之于民，用之于民。到2010年，到了回报的时候了。这时，村"两委"通过向上级部门争取、自身筹集、村民集资等方式，开始有计划地对村里的道路进行硬化：

2011年，3社硬化1.1公里；

2013年，5社硬化2.3公里；

2014年，2社硬化1.7公里；

2017年，4社硬化3.1公里，修建原韩家村到代家村通村路1.5公里，一并硬化，修建1社大坡产业路1.7公里，修3社岩山湾产业路0.9公里；

2018年，新修5社干弯产业路2.2公里，3社李子岩环山产业路2.5公里；

2019年，3社何兴山产业公路3.5公里；

2020年，新修环山产业路3.5公里。

可以看出，代家村发展不断，修路不断。乡村要发展，集体经济的壮大，修路是关键，是先决条件。

5 ."三顾茅庐"

重峦叠嶂的毫雾山有一个分支山脉凤凰山，正好环抱代家村的村委会，因此，过去的代家村，又叫凤凰山。可惜了这么一个美好的名字。也许真的留不住凤凰，后来才改为代家村。当地有代代流传的顺口溜：有女莫嫁凤凰山，年年没吃又少穿。落雨三天满山水，日出三天吃水难。

喀斯特地貌蓄不住水，让代家村成为出了名的干旱村，好在周边山里有七八个溶洞，其中有几个终年有水外流。水是好水，冬暖夏凉，清清澈澈，喝进嘴里，清凉甘甜。

代家村把能出水的溶洞叫作龙洞，认为洞内住有龙，才四季清泉不断涌出，滋养周边这片贫瘠的土地和生灵。

就着龙洞长流不断的清泉水，代家村1社、3社、4社有少部分水田能够插秧。平常顺着一条自然天成的小水沟弯弯曲曲流淌，遇上泡田插秧时节，沿途农户都要蓄水泡田，水，就成了紧俏物。为争水泡田，每年都出好几起民事纠纷，有时甚至争斗得头破血流。这样的纠纷，从包产到户以来，在代家村就从没断过。因为包产到户以前，生产队有专人放水，而包产到户后，放水就是各家各户自己的事了。因水沟是长流水，有水田的便将竹子通节，引水入田，流速虽慢，总算有水可泡田。

遇上天旱，那些水田就恼火了，秧苗枯黄，看着心急。每天去水凼看，只要有一点浸水，就赶紧用盆子舀进水田救秧苗的命。人畜饮水也难，平常跑500米、800米就能挑回水，天旱时就得半夜起来去井边排队。浸有一挑水了，就舀进桶里，连泥浆一起挑回去，沉淀两个小时才能煮饭。更多的时候，有后面排队的人催促，只能挑两个半桶泥浆水回去。

为争井水，吵架现象也是屡见不鲜。比如3社的吴顺全，单家独户地住在3社与5社交界的山坡，自己家周边挖不出水井，长期下山到5社水井挑水吃。平常都无所谓，5社的人也不说东道西。那年天旱时，人家都不够吃，他还去挑水，5社的人就不让了，说："你3社的人到你们3社井里去挑啊，咋跑我们5社来？"听来也不过分，但吴顺全说他们家一直都是挑5社这口水井的水吃，不让他挑水是欺负他。争来争去，5社的人急了，把他的水桶给砸了。调解的事，当然又落到了村上。

这件事，对史进洪和整个村"两委"班子触动都挺大。他们认识到，代家村要发展，全村的灌溉用水和人畜饮水得先行。一个村子要改变一穷二白的面貌，走上致富之路，水源就是滋养它丰润的血液。一个筋骨再强健的人，血液不足，就是一具病体。

史进洪是个用心当干部的人。他在2002年下半年开始探索，草拟了一个社员意见征求表，让各社社长发下去，一户一张，让农户把心里的想法、各社亟待解决的问题填上，一个星期之内收回，然后做统计，归类整理。由此掌握了村里第一手社情民意台账，根据情况缓急、轻重，从实情出发，逐一解决落实。

村社干部干啥的？史进洪认为，就是给老百姓跑腿办事的。

这个社员意见征求表每年都发，然后收回。这个方法后来成为代家村引以为豪的三个工作法之一，以至于后来史进洪被省委党校邀请去讲课时，成为必讲的内容：意愿征求工作法，查找问题工作法，凝聚落实工作法。

代家村1社冷水河沟渠修建的决定就是这样拍板的。只拍板不行，村"两委"在做出这个决定后，还得争取上级部门的项目资金支持。为此，史进洪的摩托车没少往县农业局跑，送沟渠规划报表、要项目资金支持。

2004年新年刚过，项目落实下来，县农业局给予冷水河灌溉引水沟渠1200米补助2万元。但是，补助款要工程验收合格后才能够到账。就是说，村上要先垫资把冷水河引水渠修建好。

冷水河引水沟渠项目得到落实本是一件好事，但史进洪和他的班子成员们在村"两委"办公室里却眉头紧锁。村上没有集体经济的收入，修建沟渠所需的石粉、水泥从哪里来？

"要是村集体有钱就好办了，先给垫付上。"村文书史天全说。

"要不，我们先去赊账？"村主任史学松用征询的目光看着史进洪说。

"就这么着！先赊账。明天，你搭我的摩托，我们一起去乐义。"史进洪一锤定音。

乐义是筠连县紧挨上罗镇的一个乡。虽说紧挨，从代家村去也有10公里，且都是山路。乐义场镇上，有一家卖石粉的老板叫聂昌严，周边搞房屋修建的农户都到他那里去买石粉。

一大早，村主任史学松踩着田埂露水就往史进洪家走来，正好史进洪到门口来望他。见史学松来了，史进洪回屋拿出两顶头盔，自己戴一顶，递给史学松一顶，骑上摩托车，搭上他就往乐义乡奔去。

路是大公路，但是没硬化，坑多，摩托车一跳一跳的，吹起的冷风，直往衣领、裤腿里钻。史学松坐在史进洪后面，冷得打战，还担心摔跤。

在乐义石粉厂，史进洪和史学松找到老板聂昌严。一听说是赊账，聂昌严就一口回绝："不赊账。"一句多余的话都没有，就离开忙他的事去了，把史进洪、史学松晾在那里。

两个人对望一眼，只得乘兴而来，败兴而归。

周边只有聂昌严一家石粉厂。石粉是当地调和灰浆必需的建筑材料，如果他不赊账，水渠就难开工。

过了一天，史进洪又跟史学松说："走，我们又去找聂老板。"

到了石粉厂找到聂老板，史进洪以村上的名义担保，说："聂老板，你放心，我们在欠条上盖上我们村的公章，以我们代家村的名义做担保，你总该放心了吧。等我们工程验收后，上面把款拨下来，我们立马就付给你。"

这一次，聂老板多说了几句话："史书记，不是我不相信你们，是我们这小厂本钱小，每天机器要喝油，人工工资每月要发，我们哪来多余的资金周转？还有，这政府部门的钱，手续多得很，时间如果太久我们拖不起。"

史进洪和史学松又是赔笑脸又是下保证，这个聂老板就是"铁石心肠"，不被感化。

农业局分管项目领导说了，水渠必须在插秧前完工，免得耽误农户引水泡田。现在所需建材还没着落，插秧时节一晃就快到了。想到这些，史进洪心急火燎的。第三次去找石粉厂老板，没想到，这次聂老板不在。不知是不是怕见他们，躲了起来。

跑了三次都落空，史学松都觉得有些无望了。史进洪并没有泄气，他想着是自己去求人，就得下矮桩，刘备不是有三顾茅庐吗？工程等不起，他决定再去找一次聂老板，他相信精诚所至，金石为开。

史进洪载着史学松和村文书史天全第四次来到乐义乡聂昌严的石粉厂找到他，这一次，聂老板真的被感动了，他从没见过村干部为村里修一条小水渠这么不怕苦累奔波的，而且村班子成员都到了，他相信，有这样把老百姓的事记挂于心的村干部，不愁村子搞不起来，更不担心会赖账。

聂老板这一次很爽快地答应了，写完赊账欠款协议，史进洪在上面盖了代家村村委会的大红公章，看到时间已近晌午，聂老板还留他们吃了一顿午饭。

石粉算落实了，但水泥还没着落，也得赊账。饭后，他们三人顺道到乐义街上找到卖水泥的牟世强。刚进店时，还热情相迎，问需要好多。但史进洪一说出是村里修水渠，替村里赊账时，牟老板的脸上像抹了一把水泥灰，不好看了，其结果，与第一次去石粉厂一样。

史进洪虽然表面上很淡定，史学松和史天全都看得出他心里的难受。

想想，一个堂堂的村党支部书记，为一条小水渠需要并不是很多的水泥建材，低声下气地求借于人，多次碰壁，心里能够好受吗？就是史学松、史天全，也觉得脸面无光。要是自己家的事，绝不会这样干。

但为了村上，又有什么办法呢？

史学松、史天全只听到史进洪狠狠地说了一句："一定要让村集体的腰包鼓起来！"

好在牟世强有个外侄在代家村，且是史进洪的堂兄，叫史进勇。

晚上史进洪去到史进勇家，让史进勇明天与他一道去乐义乡找他舅舅牟世强求个情，把水泥赊账给村上修水渠。果然，史进勇一出面，牟世强还是很念亲情，当即答应赊水泥给代家村。

石粉落实了，水泥落实了，水渠路线规划好了，施工人员也落实了。可以说，万事俱备只欠东风，可偏偏建材运不到位，只得卸在公路边上，离水渠还有两里路远，都是山间小道。

为转运建材的事，史进洪与村"两委"几个干部商量确定，近处的，用人工搬运；可远处的，用人工搬运就不行了，路不好走，也不安全，邻村有马帮，就租用两匹马来转运。他们养马是专门为那些不通路的农户修房搞基建搬运材料的，是落后山区原始的运输队伍。

第二天，雇来的两匹马驮着石粉、水泥，铜铃叮当，如一曲古老的民谣，在山间羊肠小道上低吟。

这边开始转运材料，沟渠的施工队伍还得马上组建，因为挖土方、搬石块、拌灰浆、砌堤坎都需要人手，而且，这些人工还得是"免费"的。

都说"有钱好办事，没钱事难办"，目前村上就是没有钱，而且要办事。史进洪与村主任史学松又忙着去水渠受益农户家敲门，做思想工作，要求他们一家出一个劳力。本以为他们会讲条件，令人意外的是，一听说出工修水渠，农户们都两眼放光，热情饱满，没有一个不答应的。哎，这么多年，为放水受的苦太多了。

为节约工钱，只请了两名外村技工，其余的都由受益农户做义务工。没有钱请专业人员测量水平，史进洪想出了原始测平办法：骑摩托去上罗镇买回10米沼气软塑胶管，灌满水测平。

开工那天，杨文莲、冯正玉这两个人很让人感动。杨文莲和冯正玉都已经70岁了，他们早早地来到施工现场。他们的到场，起了很好的带头作用。但考虑到他们的年龄，史进洪安排他们负责拌灰浆，没让干重体力活。

两个老人为沟渠引水苦了几十年，就盼早点修通水渠好灌田。这是自家受益的工程，大家每天早上8点准时到工地，除了中午回家吃饭耽误一会儿，一直干到天黑为止。

史进洪、史学松、史天全等村干部自然不会袖手旁观，挑灰浆、搬石头，样样活都干。灰浆用撮箕装，一挑100斤，这对史进洪真是小菜一碟，他挑起来，扁担颤悠，快步如飞。

俗话说，干部带头，群众争上游。这话不假，20多天时间，一条1200米的水渠修好了，龙洞流进冷水河的清泉，汩汩地流进1社农田，一点也没耽误插秧的农时。

杨文莲看到水从自己参与修建的沟渠流进自家田里，兴奋得流出眼泪来。他说："好多次，守一个通宵，水还进不了田，现在一个多小时水就进田了。"

岩山湾有个溶洞，位置比冷水湾高，建一个大堰蓄水，可以解决3社、4社、1社大部分人畜饮水和农田灌溉，只需要修一条1000米的引水渠，水就能流进大堰里。在冷水河沟渠即将竣工时，史进洪就盯上了这个项目。

村上通过民意调查，决定做这件事。史进洪一边做规划，一边跑项目，很快争取到项目资金4万元。

修水渠的难度有点大，都是走山腰，沿途山坡上全是油光石。还有个难题，就是项目款也要工程完工验收后才拨下来。

不过，有了上次的交情和及时的守信用付款，这次顺利地赊到了水泥、石灰粉。同样也用马转运，也让受益农户投工。但沿途占用土地20多户，在协调土地时，有一部分不是受益农户，他们不答应。

放线到了冯忠银的地边，被他拦住了。水渠要占他家6米多长，近1米宽的承包地，他要求村上补偿。因为没有机动田地，村里只好做了个不成文的规定，不补偿水渠所占承包地。但冯忠银不认这个规定，他只认一个死理：占了就该赔偿。

冯忠银家很贫困。虽然才30出头，已是两个小孩的父亲，又没外出打工，家里日子过得清苦，就靠种点粮食填肚子。本来粮食就不够吃，再占去6平方米的土地，岂不是缺粮更严重？

这一点史进洪又何尝不知道呢？但村里没有土地可以调剂，才立下前面的规定。

史进洪到冯忠银家协调，无论怎么说，他就是一口咬定："不行！"

冯忠银不松口，史进洪就不走。

史进洪又说："我们好不容易争取到这个项目款，修好后解决村里很多人的用水，你就当做点好事嘛，何况，你家也是受益户。如果你信我，这里占了，今后村上一定会在其他方面给你补回来。"

书记的话都说到这个分上了，仅比史进洪大几岁的冯忠银也不好再僵持下去，最后答应了。

那些占地少的人家，看到冯忠银都答应了，也就不好意思再固执，陆续都答应了。但还是有一颗最难拔的钉子——杨生前，占他家地不多，但他家不受益，沟渠修不到他的田边去，这是他不答应的充分理由。

为这一家，史进洪和村主任一连跑了几天，终于做通了他的工作，工程得以顺利实施。

半年以后，饮水难、灌溉难在代家村画上句号，成为历史。

岩山湾大堰，成为代家村主要的饮用水源。山风轻拂，清流潺潺，碧波荡漾，烈日当空，孩子们在水中嬉戏，白发苍苍的老人跪在渠边掬一捧清澈的甘泉送进嘴里……那时，你才体会到什么叫喜悦之情难以言表。

一年以后，史进洪带人把岩山湾大堰的水引进村，让家家户户都用上了自来水，通水那天，村子里一片欢腾。

6 . 争分夺秒

2005年4月下旬的一天，代家村的高音喇叭里传出一个消息：代家村要安装程控电话了，希望愿意安装电话的农户主动到村委会登记。

这又是一个让代家村人民兴奋不已的消息！

这又是一个让代家村山山水水沸腾的消息！

这个消息，意味着从今往后，代家村漂泊在外的打工游子可以通过电话直接与家人诉说乡愁了；意味着留守在代家村的老人儿童在家里随时都可以给外出的亲人送去祝福和问候了；意味着代家村人可以直接与外面的世界对话了。

这件事，在史进洪心里憋了很久，如今终于可以启动了。

外面手机、程控电话已经很普及了，而这时的代家村，手机还不到15部。即使有手机的，也不是随时随地都可以接打电话，要拨打电话，得跑到山梁上找有信号的地方。好不容易连通了，信号还断断续续。移动电话在代家村，真的成了名副其实的需要移动才能拨打的电话。

那些没有手机的人家，要给外地打工的亲人打电话，都得走两个小时的山路，翻过团山坳，到上罗镇冯群厚那里去打。冯群厚是代家村人，嫁到上罗镇街上，她家开一小食店，店铺安有公用收费电话。代家村人赶场都喜欢到她店铺落脚歇息，顺便照顾生意，吃一碗面条或凉粉，或寄存东西。冯群厚也把所有代家村人当娘家人，热情接待。代家村外出打工人多，要给家里人打电话，都是先打到冯群厚店里，约好接听时间，她再让人带口信通知村里人按时去接听电话，一般都是约定在赶场日。因而，每到赶场天，村里人上街，几乎都到她那里打电话、接电话。

就说村主任史学松，他有个妹妹在外打工，要给家里打电话，都是提前三天把电话打到冯群厚店里，冯群厚再让熟人带话回去，赶场天按约定时间去接听。现在一想起冯群厚那个店，代家村的好多人都有深刻记忆，都有"地下党联络站"的感觉。

都什么时候了，村里的通信还这么落后？史进洪心里怎能不憋着一股子劲。第一次，他风急火燎地赶到电信公司办公室，找到负责外线安装的吴经理说明情况。不料，吴经理一口回绝："你们离上罗镇那么远，电话费收20年都不够我们的设备成本。"然后撂下他们，匆匆去开会了。

史进洪是铁了心要给村上安装程控电话。除了方便群众生活，这时村上规划发展苗木产业，需要经常与外界沟通，如果没有电话，那就等于是个聋子、哑巴。等村上的事稍稍松一点，史进洪就载上史学松往电信公司跑。

路过玉和苗族乡有一段山路，俗称"五倒拐"，坡陡弯道多，看上去真有点"荡气回肠"。这段路，冬季的早晨和晚上都会起大雾，大货车司机都不敢走，史进洪骑着摩托，也不敢跑快了，得小心翼翼地跟着公路中间白色的分界线走。这里还是一个风口，大冬天的刀子风"嗖嗖"地刮得人眼脸生疼。这个冬季，史进洪不辞艰辛、不厌其烦地在这条路上跑，自己都记不清来回穿梭了多少趟。他心里急，只想着早一天给村里装上"千里耳"。

有一天，史进洪和史学松跑完电信公司，回来路过"五倒拐"时，已是夜里11点。下坡路靠山的阴面夜里结了暗冰，摩托车跑起来不听使唤，"哧溜"一声滑倒在地，人和车都滑出五六米远。还好，有护栏挡住，不然摔下山崖可能就没命了。两个人在地上躺了一小会儿，龇牙咧嘴地慢慢支撑着爬起来，甩甩胳膊踢踢腿，都还连在身上，都还能动，相互一笑，几乎同时问对方："你没事吧？"心里都清楚，是身上厚实的冬装护住了他们的皮肉。

两人齐心合力，把摩托扶起来，史进洪按了一下点火器，摩托车又"突突突"嚎叫起来。"还好，没摔坏。"骑上去，继续回家。

这个程控电话，安到代家村人心坎上去了，就得争分夺秒地干！史进洪心里想。

来回150多公里，有时跑去吴经理不在，有时能见到吴经理，但无论怎样软磨硬泡，他还是那句话："你们村的安装，我们已经具体核算过了，需要投200万的成本，安通后收20年话费都不够公司成本。再等等吧，等上面政策下来，普及了自然就安装了。"

史进洪听吴经理算成本，便做出了个决定："吴经理，我们自己投工投劳，抬杆子、挖窝子、拉线都我们村里人做，行不？还有，我保证我们村达到80%农户安装电话。"

村里投工投劳，可以节约一大笔人工费用。吴经理拿起办公桌上的计算器，核算了一下，点了点头。再看看这两位村干部，一次又一次天远地远跑来，还是大冷天骑摩托，实在感动。吴经理最终答应了。

接下来的几天，是村社干部最为忙碌的日子。每天都能看见他们出了张家门又进李家屋的背影。

动员、登记、统计……

史进洪与村主任史学松、文书史天全分头去各社组织开会。史天全负责1社，史学松负责2、4社，史进洪负责3、5社。

开动员会都有讲究，选择在晚上。因为白天村民有的下地，有的在近处打工，人到不齐。尽管开了动员会，好些人还是犹豫不决。他们想安电话，有亲人在外打工；他们又心疼每个月的花费，在目前的代家村农户，除了少数人家养兰草，几乎没有产业和副业收入，就是10元钱，也必须用在刀刃上。

几个村干部带着社干部，走东家串西家，几天的动员工作做下来，喜出望外：代家村250户农户，居然有228户愿意安装电话。为了降低成本，史进洪还联系到邻村沿线的几十户用户加入安装行列。

史进洪心情一下子轻松起来，以前跑路的辛苦似乎也得到了慰藉。

他又跑了一趟县电信公司，把情况反应给吴经理，商定安装时间。史进洪说："5月中下旬，是乡下抢收油菜小麦和插秧时节，只有在5月上旬错过农忙，才好组织村民挖窝抬杆。"五一节刚过，电信公司就把电线杆、光纤线等材料运到上罗镇。

第二天，228户安装户，男的带上抬杠、绳索，女的带上锄头、十字镐等工具，天不亮就走小路往上罗镇集合。史进洪和村"两委"班子没一个缺席。到7点钟，一清点人数，228户电话安装户已全部到齐。根据工序的需要，史进洪让文书史天全把人员分成四个小组，挖窝、抬杆、立杆、拉线，各就各位，各司其职。

大部队从上罗镇场口开始，成一条流水线作业。窝子挖到哪里，电线杆立马就抬到哪里。电线杆抬到哪里，立杆拉线的人就跟进到哪里，形成一个有序进行、你追我赶的热闹场面。

已经是初夏，天气热起来，流汗后口渴，就到山泉边捧几捧水，咕嘟咕嘟喝了接着干。

吴经理也亲自到了现场。他和技术工人们都惊讶了，从没见过这么带劲的劳动场面，这么齐心协力的团队。

中午饿了，史进洪派了两个人去镇上买回600个馒头和包子。噎住了就喝几口山边的泉水。当然，包子馒头是早上就给店里打了招呼定做的，不然，店铺里是不会有这么多食物的。

到了下午，杆子已经立到金东村的亡兵沟，这里与代家村只一山之隔。那山叫团山坳，坡陡，翻过去就是代家村5社。团山坳是代家村人去上罗镇赶场走小路的必经之地，路是陡峭的羊肠小道，别说往上抬杆子，就是空手走路都累人。好在杆子只有7米长，不是太笨重，有力气大的，扛肩上都能走几步。

下午5点，180根电线杆安装完毕，翻过团山坳，电话线路就可以沿着村子里的照明线路电线杆走了。

当最后一根杆子在团山坳的肩膀上站立起来时，太阳已经跳到对面的山梁上去了。夕阳给团山坳镀了一层金。

史进洪看着大家热得红扑扑的脸，衣衫上的汗渍湿了又干、干了又湿，很是感动和欣慰。他深刻地感受到了集体的力量、团结的力量、凝聚人心的重要性。"我史进洪就是浑身是铁，也打不了多少钉儿。"史进洪自言自语，嘴角抿起一丝微笑。

电话接通的那一天，史进洪在代家村举行了一个通话典礼，邀请了县电信公司和镇领导、镇有关部门的同志前来参加。因为是全县第一个村通程控电话，领导们很重视，代家村的干部群众也给电信公司工作人员留下了深刻的印象。典礼上，电信公司的吴经理代表公司还向代家村送了500元贺礼。

会上，以前一惯爱给村干部找茬的周道容来到史进洪面前，向他敬酒，情不自禁地翘起大拇指，说："洪二，你能干事，会干事！"他十分佩服史进洪为老百姓做事那股分秒必争、敢打敢拼的劲头。

史进洪感觉到，通过一系列的真抓实干，村班子在乡亲们的心中已经有了一定的分量，也有了一定的威信和凝聚力。

村里种兰草的传统，是从20世纪90年代开始的。电话安通不久，村民史进从在家里接了一单生意。那是筠连县的一个朋友打来的电话，喊他去买兰草，说有人在山里挖到一株比较特别的野兰草。史进从听到"特别"两字，来了兴趣，不敢懈怠，立马就骑车赶了过去，花了1000多元买回来一株兰草。养了一段时间，又接到一个电话，是宜宾朋友打来的，问他手上有没有好一点的兰花。史进从看着院坝里那株开出"一支箭"、散发出浓郁芳香的兰草，高兴得像个小孩，说："正好有一株特别的野生兰草。"

第二天，一辆小车开到代家村，买走了史进从的那株兰草。仅一个多月时间，那株兰草为史进从赚了一万多。

"要是没有通电话，得不到那个消息，钱肯定被别人赚去了。"史进从对村里人说。

第2卷

观市场风云

他的心如刚走出冬季的花园，
孕育着无数蠢蠢欲动的花蕾，
等待春天的风儿催开。

1. 出路就在身边

三月，万物复苏，整座宜宾城都沐浴在一派春光里。

这是2002年3月的一天，史进洪带着一颗强烈的求索之心，满怀激情地来到宜宾，参加宜宾市委组织部举办的"新任村级党组织书记示范培训班"，这时的史进洪担任村支书还不到一年，他的心如刚走出冬季的花园，孕育着无数蠢蠢欲动的花蕾，等待春天的风儿催开。

培训会在一家临江宾馆举办，参加培训的人员吃住都在宾馆里。

第一天培训结束时，晚餐在宾馆二楼餐厅进行，炒菜、烧菜、炖菜、凉拌菜，每一张大圆桌上都摆了十多盘。一个比史进洪大十多岁的村支书提起酒瓶说："中午不允许喝酒，今晚我们来一杯。"说着，就一杯一杯给大家斟酒。一路都畅通，轮到给史进洪斟酒时，他却用手掌蒙住杯子拒绝。

那个村支书有点意外。

史进洪说："等会我还有事要出去，明晚再陪各位老兄喝。"

史进洪匆匆忙忙扒完饭，对正在碰杯的同桌说了一声："你们慢慢喝慢慢吃，我有事先离开一步。"

顺着滨河路，史进洪快步往人民公园走去。江风轻吹，送来阵阵沁人心脾的花香。夕阳还在西边的楼顶，余晖将绿化树影子斑斑驳驳投放在路上，不停地晃动。

史进洪以前来过几次宜宾，对人民公园熟门熟路，很快到了约会喝茶的地方，在公园里面。等待他的，是几个代家村出来打拼的年轻一代，与史进洪岁数差不多。他们因为生意或工作，都住在宜宾。

在来宜宾的车上，史进洪给杨建云发了短信，告知要去宜宾参加村干部培训。

杨建云当时就约定，下午散会后来人民公园喝茶。史进洪一口应允，他正想通过与这帮代家村走出来的能人聊天，看能否寻找到一条适合村子发展的路子。他们在城里打拼，练就了眼观六路、耳听八方的本领，兴许不经意间就给代家村提供一条有价值的信息。

杨建云在公园租了几十平方米的地盘种兰草。喝茶的地方就在杨建云的兰草园旁的小亭子里。在座的几个，杨建云是2社的，张勇是5社的，他们都是种兰草发了财。其余两个，都在宜宾有自己的事业。

早在20世纪90年代，花卉市场兰草走俏，代家村有人在外面打工，得知这一信息大喜。喜啥？发财的机会来了啊，代家村周边山上就有野生兰草，挖回家，养一段时间，就可拿到市场去卖，简直是无本万利。果然，村里有人挖到的一窝兰草卖到三万元，简直是天上掉的馅饼。于是村子里出现了"兰草热"。有一小部分想发"兰草财"的人，开始整天到山上转悠，找寻野生兰草。物以稀为贵，都去找，山上哪有那么多呀？于是，靠兰草先赚到钱的人，比如杨建云等，就不上山去找寻野生兰草了，他们把别人挖到的收购过来，养在院内，他们外面有人脉关系，等市场行情好，就抛卖。就那一两年，史进洪在家帮上罗镇代销化肥，顺带养兰草，也赚了一点钱，但不多。

从2000年到2001年，村里跟风养兰草的已经有40多户，但真正发家致富的，只有那么三五家，比如2社的杨建云、5社的张勇。尽管全村一年卖兰草的总收入在100多万，但他们两家就占了一多半。因此史进洪上任村支书时，有人提议全村发展兰草种植，被他否定了，他说："养兰草不是人人都赚得到钱。"

史进洪要找的产业，是能保证全村家家有钱赚，户户能致富。这个念头，从他走马上任当上村支书就萌发了。

见史进洪到来，几个人都热情地起身与他握手、让座、敬茶，老乡相见，分外亲切。史进洪便与几个老乡喝着茶，天南地北闲聊。从养兰草聊到卖兰草，从代家村的穷聊到外界的富，从种庄稼划算还是种经济林木划算聊到产业结构调整……

史进洪问："各位都是从代家村那个穷窝子走出来的能人，我想听听你们对代家村将来的发展有啥建议？反正我们那个村，靠种粮食、水果、蔬菜是不行了，这些门路都尝试过多年了。今天我参加培训，讲课老师也提到了产业结构调整是改变贫困山区落后面貌的重要措施，我们村的产业结构调整势在必行。"

张勇说："那就种兰草吧，你看我和杨建云，不都靠种兰草发家的吗？"

史进洪听了，连连摇头，说："不行不行，种兰草技术含量高，销售讲究个人关系和社会人脉，只适合你们这样少数有人脉关系的人种植，别的村民种了又卖不出去的，这个大家都懂的，不行不行。"

另一个说："引进几个种养殖老板，把土地流转出去，让他们搞，村里人能打工的外出打工，土地流转费年年领，外面工钱照样挣，多好。你们当村干部的也轻松。"

史进洪听后也直摇头："也不行。土地流转给别个，老百姓去打工，到时老了回来咋办？农民没了土地，就等于教师没了讲台，工人没了车间，心里空得慌。"

一直沉默不语的杨建云这时开口了，他说："现在城市建设发展速度快，新建的街道、小区的绿化树需求量大，很紧缺。香樟树、黄葛树尤其受欢迎，如果大面积发展，一定会很稳当地赚到钱，不会有啥风险。"

杨建云的话让史进洪眼睛一亮，但他没打断，继续听杨建云说："我们代家村的那些山上就有很多野生黄葛树，所以不用考虑土壤气候的因素，保准栽上就能活，不需要多少技术，普通老百姓都能种能管理，比种庄稼还简单。现在的城市都提倡打造园林城市、森林城市。这树生长又快，城市绿化特别需要，也特别受欢迎。"

史进洪来兴趣了，问杨建云："现在行情咋样？"

杨建云说："一株直径50到60厘米的黄葛树，能卖上万元，就是8到10厘米的，一株也好几百。算算，一亩地种上200多株，值多少钱？比种玉米强多了。只是，农民都胆小，固守传统，怕他们不愿意接受种树。"

史进洪听得心怦怦直跳，似乎一股热血在体内沸腾。

这晚，他们谈到8点过才吃晚饭，晚饭后接着又谈，一直到11点，因为第二天各自还有工作，才意犹未尽地散去。

一个星期的培训很快结束。培训期间的休息时间，史进洪专门到宜宾各大街、小区转悠，观察那些新修街道的绿化树绿化苗木，还向那些正在栽植苗木的绿化工人打听行情。

史进洪从宜宾回到代家村后，村里人发现了一个异常：史进洪总爱往山梁上跑，尖山子、白蛇洞、两河岩、冷水湾、兵团梁……今天爬这山，明天爬那山，像当年挖野生兰草的那些人一样，不怕坡陡路险，一去就是大半天。

史进洪妻子也发现了异样，以为老公在宜宾培训时精神受到了刺激，问他："往山上去干啥？"

"考察。"史进洪回答。

"光屁股时就在那些山上砍柴、放牛，有啥稀罕好考察的？"妻子嗔道。

"你不懂。"史进洪突然话少了起来。

他心里想的啥，又不说出来，妻子肯定不会知道，村里人也不会知道。

便有好事者尾随其后探秘，发现他们的史书记患了"树痴症"，每到一棵或者一小片黄葛树面前，都会双眼放光，看了树冠看树干，看了树干看树根。

这些野生黄葛树大多生长在石缝、岩壁上，一捧土、几滴清露就养活了，真是有顽强的生命力。看着黄葛树，史进洪就联想到受苦受难的代家村人，心里就酸楚，眼睛就潮湿起来。

黄葛树对于史进洪来说，再熟悉不过了。缺柴时把它的枝丫砍回去煮饭，夏天太阳晒，躲树影里乘凉，甚至对着它的树干，尿过无数次……就从没觉得它们有现在这么可爱。想着想着，史进洪情不自禁地笑了。

好事者当然不知史进洪为啥对着黄葛树发痴。他心里正在酝酿一个宏大的计划。

2. 问道泸州

村里人正在琢磨史书记咋犯了"树痴症"时，又听到史进洪在村广播里通知，要收购黄葛树枝丫，要求直径在一厘米左右，最长不超过一米，每斤5角钱。

这则消息无疑是一枚炸弹，把代家村人炸得云里雾里。他们不知道这个刚上任不久的年轻书记葫芦里卖的什么药。

村里的"挑事精"周道容知道，因为史进洪以自己的名义把他家挨机耕道边的1.9亩地租下了，给了300元钱一亩。

"300元一亩？史书记，你没发烧吧？你不是忽悠我吧？我知道我这么多年，说话直，得罪了很多村干部，你刚上任时，我也说过二话，但你不能这样来忽悠我哈。"周道容不相信一亩石头地自己不动手劳动就能净得300元，他种了这么多年，年年收成不就赚那么一二百元吗？

"没骗你，老周。这是在我们代家村，要是在外面的村子，一亩地至少得500以上呢。"史进洪解释说。

"呃，洪二，你家不是有十多亩吗？你租我的地做什么用？"

"老周，我是要用来搞试验，扦插黄葛树。"

"咋，你自家的地呢？还可以节约这300元？"

"实话跟你说，如果试验成功了，就移栽到我家地里。"

"你不种苞谷了？你老爹会答应？"

"先不考虑那么多，把苗子插活了再说。"

史进洪当时就先付了一年的流转金给周道容。

收购黄葛树枝条的消息播出不到两天，史进洪就花去1000多元钱，收购到一吨多枝条。中午父亲育了苞谷苗回来，看到这一切，气得一言不发喝闷酒。史进洪是知道父亲生闷气的原因，那些枝条以前当柴烧都嫌弃水分重，他还花千多元钱收购，钱多得没处花了？但他是村支书，父亲不好骂他。

史进洪把自己心中想做的事告诉了妻子，好在妻子通情达理，尽管心里舍不得花那么多钱去买黄葛树枝条，但还是默默地同意了。

正是4月，扦插育苗的好时期。史进洪骑摩托去镇上农技站买回20多包生根粉，两元一包，在村上请了几个人帮忙扦插。

以前史进洪也没干过扦插，史进洪在宜宾听了杨建云的建议后，就暗自拿定主意，买了黄葛树栽培的书，里面有介绍扦插育苗的技术，扦插需要的生根粉也是从书上得知的。

史进洪挑了一担水到周道容租给他的地里，把生根粉按比例兑好，照本宣科地给请来帮工的人做示范：先用小刀把枝条入土的一端削成斜头，再在生根粉的水里浸湿10到15分钟，然后按照他用石灰放好的路线和位置插进去。

扦插其实很简单，一看就会。

七八个人三天就扦插完了，用了20多个人工，史进洪按每人40元一天，共计发了1000多元工钱。

也许扦插技术还不到位，也许是由于缺水或者其他环节出了错。两个月后，扦插下去的枝条大都干枯了，拿去烧柴都没人要，但还是有一小部分长出了鹅黄新叶，算是给了史进洪一点点安慰。

这几个月史进洪折腾育黄葛树苗，不仅村里人不理解，就连一些村社干部也不理解，他们不明白他们的书记从宜宾培训回来，怎么一下子变了个人似的。尽管史进洪在村"两委"会上给他们说："我们要调整思路，不能把目光只看在粮食作物上，也不能追风去种什么蔬菜、水果，更不要盲目去搞大面积养殖，我们代家村不具备发展这些产业的优势。现在，我基本上认定种植黄葛树这条路子，它适合我们村的每一家农户，我希望通过黄葛树的种植改变我们代家村人的命运，不是少数几户富起来，而是家家户户都要富起来。我已经向党委政府提交了报告。"

当时，史进洪从大家的表情上看得出来，大伙儿对于种树不很赞同。

树，毕竟不能当粮食饱肚子。

要转变全村人的固执思想观念，首先得让村社党员干部思想观念转变。

史进洪决定带领全村村社干部走出去，看看外面的大千世界，不能把目光、思维禁锢在代家村、上罗镇，不能让毫雾山挡住了视线。

镇上很快同意了史进洪的带领全村干部去泸州石洞镇黄葛树培育基地考察的申请。

这个基地是县上一个管农业的干部提供给史进洪的。史进洪又给镇领导汇报说，外出考察村上没有钱。镇上给解决了1000元的车费。这1000元肯定不够的，村上又没有一分钱的集体存款，史进洪就跟妻子商量，把自家的钱带了1000元作差旅费补贴。

2003年7月上旬的一天，两辆小型面包车载着代家村的村支书史进洪、村主任史学松、文书史天全、1社社长杨云兵、2社社长杨云清、3社社长郭维刚、4社社长史进云、5社社长周顺东、老年协会秘书周道容，还有几个群众代表，共计11人，从村小学启程，向泸州出发。

由于顺道，他们先到长宁的一个乡镇，停留了两个小时，到那里的一个苗木基地参观和学习。看后感觉这里的基地比较小，只有二三十亩，不成规模，各种苗木都育了一些，黄葛树苗只是一小部分，属于小打小闹的那种，史进洪没看上眼。

在长宁吃过午饭，他们直奔泸州龙马潭区石洞镇。负责这个苗木基地的人叫陈斌。车到石洞场镇，找不到去基地的路了，他们在街上兜了一圈，打听到陈斌的花木协会在龙塘村，又问清楚去的路，就往龙塘村开去。

陈斌的苗木基地离场镇不远，不到半小时就到了。因为推荐人先给他打过电话，史进洪他们的车到基地时，陈斌已经在路口等待了。

正是仲夏，天气十分炎热。一群前来考察的人跟在陈斌身后，走在被太阳烘烤得滚烫的小道上，汗水在脸上不住地往下淌，湿了的衣衫紧贴在后背。

基地比长宁那个大多了。听陈斌介绍，有50多亩，是他个人搞起来的，全是黄葛树苗，大的直径有五六分，小的是去年和今年才扦插的。树冠都经过人工修剪，高矮、树形几乎一致。

陈斌边走边介绍："一般情况下，直径6厘米的黄葛树，现在市场价每株能卖到200多元，10厘米每株800多，20厘米的每株3000到4000元……"

陈斌的话让代家村一行人听得热血沸腾，他们几乎不敢相信自己的耳朵。就这些村里人以前砍柴都不想要的树，能卖那么贵？他们背地里还说："你就使劲吹牛吧，反正我们代家村不会买你的树去搞绿化。"

众人绕基地转了一圈后，陈斌见天气太热，让大家到办公室喝茶歇息。正好，史进洪有问题要问。

办公室不大，没有空调，一台吊扇在头顶"呼呼"地转动，风热呼呼的，室内并不比室外凉快多少。

史进洪问："我们在4月扦插的树苗，成活率太低，是季节不对，还是啥原因？"

陈斌说："4、5、6月，都是黄葛树扦插的最好时节。黄葛树属于热带林木，越热成活率越高，越冷越不好种，得把握好时节。我估摸，你扦插的地一定是过于干燥，还有泥土颗粒粗大不够密实。我们最初扦插没经验，也遇到过。"

史进洪恍然大悟，连连点头。自己扦插失败的原因，的确是泥土干燥、粗糙造成的。

陈斌又讲了高桠接枝技术和冬季苗木管理，还传授了苗木扦插和移植技术的注意事项。他说，扦插一定要土壤润湿、细密，才利于生根。移栽还要修剪根系，进行消毒和浇灌定根水……

在黄葛树的栽培和管理上，史进洪庆幸遇到陈斌这样懂行的技师，更感谢那位介绍他们来陈斌这里参观学习的县农业部门工作人员。

史进洪又向陈斌请教栽植的相关问题。

陈斌说："黄葛树的移栽期是9月到第二年3月，这段时间成活率高。它的间距一般横竖都是3米，这样的宽度，整形出来的树冠漂亮。如果为了多栽苗木，过密，形体不好看，卖的价格会受影响。"

在石洞镇考察，听了陈斌的介绍，尤其那高昂的市场价格，让史进洪一行人热血贲张。回来的车上，热闹至极，大家都在不停地议论，说真的不虚此行，开眼界了，觉得这个产业技术简单，一般老百姓都能种，在代家村可行。

3．要有足够的耐心

观市场风云，获得新思路。

从泸州龙马潭区石洞镇考察回来，史进洪满怀信心地召开全村产业调整会议，力图统一思想，来一场大刀阔斧的"代家村产业结构调整"。出乎意料的是，现场参观都口口声声说这个产业好，可回来又顾忌这、顾忌那，态度模棱两可，脸上大都是一副很为难的表情。他们担心，怕树种了到时候卖不掉，地里又没有种粮食，两头落空，老百姓会骂娘。

史进洪没有强求大家表态，他知道：贫穷就像村里那座高耸的毫雾山一样沉重，把大家压怕了，冒险就可能没饭吃。见水脱鞋，见兔子撒鹰，是山里人保守思想的显著特征。他这个当支书的，要有足够的耐心。

两个月后，史进洪又带村班子干部党员和群众代表去了成都郫县（现为郫都区），让大家看看人家没种一株庄稼咋过上好日子的。

早就听说成都郫县的花卉苗木做得好，有规模有品质。为了让大家多长见识，多做比较，提振信心，史进洪带着大家到郫县走了一趟。

果然是名不虚传的花卉苗木大观园。园区一个连着一个，主打品牌是桂花树，还有花卉苗木，品种繁多，花灿树绿，气势夺人。

这些园区都是各家各户的，有的是本地农民自己培植经营，有的是外地人来搞土地流转经营。园区大小不一，都各自为阵，销售竞争也相当激烈，好在这里的地理位置优越，紧邻西部大都市成都，市场大，销路广。

史进洪每走进一个园区，都会找园区主人聊一会儿。他从中了解到：桂花树也很受城镇绿化市场欢迎，价格好，前景好。但他觉得代家村种桂花树，没有自然优势和区位优势，况且，郫县已经占领了制高点，我们就不要去争，弄得头破血流，也干不过郫县。再说了，也不能永远跟人家屁股后面撵。他要在宜宾做出自己独特的苗木产业。目前了解到宜宾的一些苗木基地，规模小，品种杂，他看不上。泸州石洞镇主要是黄葛树，但只有50亩，规模也不大，主要培育苗木，而宜宾黄葛树少，珙县还是空白，培育直接用于城市绿化的林木潜力大。要是代家村全面发展起来，就是整个宜宾地区最大的绿化林木基地，就能独占鳌头。

两次考察，史进洪思路变得更清晰，信心更加坚定。不在代家村把黄葛树产业发展起来，他绝不罢休。

从郫县回村第二天，史进洪把全村党员干部和村民代表召集到村会议室，他先把这两次考察的经过和自己认为可行的理由讲解了一遍，然后说："大家各抒己见，畅所欲言，有意见的提出意见，有建议的提出建议；赞同的提出赞同的理由，反对的提出反对的理由；还有其他能够让代家村共同富裕门路的都提出来，大家共同探讨，达成共识。总之，我们代家村穷了这么多年，穷怕了，穷惨了，大家看看，如今我们村里，还有几个青壮年在家里？他们都是被'穷'字逼走的。我认为我们这一代村"两委"领导班子的责任，就是为代家村找到一条可以共同发展、共同致富的门路。"

史进洪话音一落，会议室里安静了几分钟，随即传出"叽叽喳喳"交头接耳的议论声，但没人大胆发言。

还是周道容直爽，他说："大家都谦虚不说，那我就先来说几句，我这嘴巴有话不说出来，难受得很。"

周道容历来是发言积极分子，在以往，不让他发言都不行，他对村"两委"有啥看不惯的意见，都要当面锣对面鼓地敲给村干部听。要是不让他说，他心里会憋得难受。自从史进洪上任村支书后，他看见这一届村"两委"领导班子为村上做了好几件实事，心服口服，很愿意为村里的事出谋划策，跑前跑后。因此，在村里成立老年协会时，史进洪推荐他当秘书长，配合村"两委"照顾老人，调解一些民事纠纷，他欣然答应。这次也被史进洪邀请一道去了泸州、郫县考察。

周道容一开口，大家的目光都聚焦到他身上。他的头发依然梳理得油光发亮，身上的西服虽是前两年的，也廉价，却总是那么伸展，不起皱褶。他亮开嗓子说道："去泸州石洞镇参观考察，按照那个基地老板的说法，一株两三寸大的树，就能卖两三百元，一亩地栽200株，算算，该卖多少钱？三年时间，就好几万啊！我们种了这么多年粮食，在座的都是党员干部，村里的能人，我们哪一家能拿出三四万元现钱？所以，我认为，发展黄葛树确实能赚钱。具体怎么干，我个人表明态度，我听村"两委"班子的安排。就是说听史书记的。"

周道容带头发言，会场气氛一下子变得活跃起来。

"那么高的价钱，怕是蒙人的吧，我们又没看到人家卖。我还是有点不信，我们这山上不是也有吗，咋没人来买呢？"

"他把价钱吹那么高，无非是想骗我们买他的苗子。以前栽果树，栽香桂树，都说得天花乱坠，这果子一亩能卖好多钱，这一亩香桂，每年剪枝丫就能卖好几千。苗子买回来了，栽了，后来就没有人来管你卖不卖钱了。果树还不是挖了又种庄稼？香桂树还在那山坡上，连一根枝丫都没卖掉。"

"我们这里不通路，人家城里人哪里知道你这里有什么树？即使知道，那山梁上，你运得下来？"

"对呀，我们这里就那么一条通村的泥巴公路，又偏远，怎么运得出去嘛？"

"依我看，种苞谷是没得出路的了，那就种蔬菜吧。"

"种蔬菜？我们这小地方，上罗镇能消化得了多少？"

"要不发展养殖业，养猪、养牛、养鱼、养羊，如何？"

"我们前些年啥没干过，要是能成，今天还会这么穷吗？"

"要不，还是种果树吧，就是卖不出去，自己也能吃几个，也比那黄葛树好。"

"我看，还是种粮食稳当，不会饿肚皮。这么多年不就这么走过来的吗？"

……

大家你一言我一语，昨天参观时听人家介绍还热血澎湃，今天对种黄葛树又心冷意冷。不过，种种担忧也不无道理。

史进洪做了总结性发言："感谢大家的踊跃发言，我再针对大家的意见说说我的看法。首先，蔬菜不太适合大规模种，因为我们离大城市远，而上罗街只是一个小场镇，消化不了多少；运到县城去卖，单边70公里，误工一天不说，卖菜的钱来回路费就得花去一半。种果树我们这里也不适合，前几届班子已经发动大家种过，比如梨子、桃子，因为土质原因，产量不高，季节性又强，销售难度大，风险高，最后还不是回到粮食种植？搞养殖业，也不现实，比如养鱼，我们村缺水，不适合大面积养殖。我们现在要找寻的是一条适合代家村家家户户致富的路子，到将来，家家有产业，户户当老板，这就是我的目标！而这条可行的路子，我认为就是栽种黄葛树。"

尽管参会人员的认知和想法不统一，但史进洪的讲话还是赢得了全体人员的热烈掌声。散会时，史进洪要求来参加会议的村社干部和党员回去先做好家人的思想工作，再开各社的动员会，做好普遍性的思想工作。

　　史进洪让每个社错开开会时间，他分别去各社参加他们的动员大会。一轮动员会开完，让史进洪很失望，95%以上的人认为：祖祖辈辈种粮食，你要喊种黄葛树，黄葛树能当饭吃？我们这山旮旯里，信号不通，信息闭塞，路也不畅，哪个来买你的树？种了恐怕只有拿去烧火煮饭。不种粮食，到时候没有饭吃，谁愿意干？只有憨包才跟你栽树。

　　史进洪满腔热情，不少村民却"冥顽不灵"，史进洪很失望。他像一只受伤的羊羔，踏着月色，蔫嗒嗒地回到家里。父亲坐在院门口咳嗽着。父亲是在等他，见他回来，却不搭理他。等他进了屋轻轻地关上院门，默默地回房间睡觉去了。

　　史进洪知道，父亲从一开始就不赞成他栽树。作为饿怕了的一代人，史进洪当然了解父亲的心情。好在妻子没反对他，依旧默默地煮饭、洗衣、干家务活。

　　史进洪失眠了。他反思自己找准的这个路子，到底哪里不好？为啥得不到群众的认可和支持？对于销售，史进洪已经向县林业局的相关人员咨询了，认为前景很好，在城镇化建设、房地产轰轰烈烈发展的当下，作为城市绿化见效最快、适应性广的树种，黄葛树不愁销路。退一步说，就是当年销售不出去，树仍然在地里，不像水果、蔬菜，会烂掉。况且，地里还可以间种粮食作物，保证种植户初栽前一两年的口粮没问题。到了第三年可以卖树，手上有钱还愁买不到粮食？通过对市场了解，他最熟悉的宜宾市城区就需要大量的黄葛树。那么，还有成都呢？重庆呢？

就在前两天，村里来过两个专门给城市绿化公司买绿化树的"树串串"，史进洪想从他们口中得知一些信息，便主动带他们去山上看了几棵老黄葛树。尽管是野生，没整形，不美观，那两个成都过来的人还是眼珠子鼓得溜溜圆，一心想买进城里去倒卖给绿化公司，但路不行，最终因为树太大，进不来吊车和大货车，垂头丧气地走了。

生意虽然没有做成，但这两个客户的到来，更增添了史进洪对黄葛树产业发展的信心。

4．第一个示范基地

一座山，十个弯，弯弯拐拐难相见，说的是雄踞代家村的毫雾山派生出无数个狭长、闭塞的山弯，什么红苕弯、马洞弯、猴儿弯……苦竹弯就是其中的一个。

苦竹弯因为生长过苦竹而得名。这里曾经长着村里人的绿色希望，苦竹笋一度成为村民们的美味佳肴，不仅可以炒食，还可以加工成水煮笋，回味甘美。而困难时期，那一片苦竹连同山上的树木，都没有逃脱"滥砍滥伐"风的厄运。大山弯山风依旧，苦竹渐行渐远，"分田到户"的时候，苦竹已经彻底退出了村民的视线。荒凉又偏远的苦竹弯，几乎成了被遗忘的角落。

然而，仿佛一夜之间，这片地在史进洪心里变得立体了，分量沉甸甸的。

头两天的种黄葛树动员会，村民七嘴八舌议论，形不成共识，史进洪没有责怪任何人。他知道，代家村人一代一代都是在石头缝里刨食，他们不愿再冒风险折腾了。他们在这个偏远闭塞的山村里安于现状，他们不知道代家村与外面的世界差异有多大。他们不想知道，也不关心。他们只关心苞谷、红苕的长势，只关心下一顿还能不能让房屋上冒起一缕炊烟。但史进洪不能这样想，他不断地告诫自己：组织上把我放到这个位置上，就要尽到村党支部书记的职责，就要把全村每户人都带上富裕路。带路要有个带路的样子，上级领导不是说了嘛，要让群众富，干部先探路。喊破嗓子，不如做出样子。

从哪里入手？史进洪想到了苦竹弯。他打算在这里建一个黄葛树示范种植基地。

几年前村里搞基础设施建设，新修的产业路，一头连接通县道路，一头咬住苦竹弯。靠公路边的地，虽然地块不大，但一块连着一块。村民们去上罗镇赶场，都能看见，可以起到潜移默化的示范作用。

这天，史进洪把史学松和其他几名村社干部召集起来，带着他们往苦竹弯走去。一行人都迷惑不解，问："史书记，我们去苦竹弯干啥？"

"选基地。"史进洪说。

到了地边，史进洪告诉大家："种黄葛树需要先发展示范基地，再由基地园区带动全村，等三年后见到效益，村民的积极性就上来了。"史进洪说得很坚定。

史进洪又说："我之所以把第一个基地选择在这里，是因为这里有6亩地是我家的，几户愿意栽种黄葛树的党员、社长和群众的地也有在这里。大家愿意栽树，是为了支持我，但家人不会同意全部栽，他们害怕栽了树没粮食吃，我父母也是这样想的，那我就来当这个小园区的'种植大户'，其他人量力而行。"

"好，书记的决定，我一定积极配合支持。"史学松说，"我家在猴儿弯的5亩地，也种上黄葛树。"猴儿弯与苦竹弯相距不远，史进洪当场拍板将两弯一并规划为示范基地，共计20.5亩。

周道容说："史书记，你考虑得周到，我赞成。只可惜我这里没有地，要不，也栽上。"

史进洪说："你不用着急，下一步，我们还会规划一个更大的园区，让更多群众参与。只是大家要多在群众中宣传，做好家属的思想工作，不要因为种树，搞得家庭不和睦。"

第一个园区就这么定下来了。下一步是买树苗。

苗钱得种植户自家出，史进洪是大头。他通过刚安装好的程控电话，与泸州石洞镇的陈斌联系上了，决定从陈斌那里购买7000余株黄葛树苗。说好了价钱，每株6元，加运费，每株7元，共计需要5万余元。

5万元，在当时的代家村，无疑是一笔巨款，除了那几家靠种兰草发了财的人，没有哪一家能拿出这么多现款。拿不出那么多钱，只有去贷款。史进洪去上罗镇信用社跑了几次，因为没有抵押物，只得空着手回来。买树苗得一手交钱，一手给货，眼看栽树的最佳时间9月马上就要到来，史进洪焦急万分，无奈之下，找来朋友牵线，在一私人处贷了5万元，3分的高利息，每个月利息就要付1500元。

父亲知道后，火了："在代家村，一个月都挣不到1500元，你拿啥子去还人家的高利贷？一家人才吃饱饭，我看，又要被你败下去了。我们家的口粮就靠苦竹弯那几亩地了，那是我们家的粮食囤子，你知道吗？你倒好，要全部拿去栽那无用的树，今后我们一家人就熬黄葛树叶子当茶喝？亏你还是村支书。你啊，是安心想让全村人吃不起饭，想让老祖宗被全村人指骂……"

父亲越说越气愤，气得连晚饭都吃不下，拿起叶子烟杆到院门口抽闷烟去了。

面对父亲的指责，史进洪没有回嘴。其实父亲的心态，就是整个代家村人的心态。史进洪安慰自己：他们现在不理解，等三年后，黄葛树卖钱了，自然而然就接受了。

第二天，等父亲气消了之后，史进洪对父亲说："爸，我是党员，是村支书，我想找一个门路，自己先干，干出点成绩，再带领大家干，我的梦想是让全村家家户户都能挣到钱，将来让村里没有穷人。所以我得带头种，而且要放开手脚多种，不能束手束脚，让大家说三道四。"

父亲看了史进洪一眼，又低头抽烟。

"万事开头难"，这是至理名言。史进洪是个认死理的人，一旦认准的方向，再难都不会回头。

2003年9月中旬，两辆中型货车把黄葛树苗从泸州石洞镇运到了代家村新修的小学校门口。许多村民们跑来围观。黄葛树苗是扦插培育的，上一年扦插，第二年就可以移栽了。运来的苗木直径有指头粗，修了枝的，高矮都在1.5米左右。史进洪想，可惜了自己的扦插技术不到家，上次没有成功，不然，这几万元钱就省下来了。

围观的村民说："这不是跟我们山上的黄葛树一个样吗？花好几万元去买回来，不知道把本钱卖得回来不？"

"要是卖得掉还好，卖不掉的话，误了庄稼不说，还得饿肚子。"

……

史进洪、史学松和几个村社干部正在往下卸苗木。听到村民们的议论，史进洪说："我敢带头栽，就肯定卖得掉。不只我卖得掉，我还保证栽下的都卖得掉。"

史进洪笑了。村民也笑了："那年村里发展香桂树不就这么说吗？结果呢？"

村民哈哈笑起来。

史进洪丢下一句话："这回不一样，到时候你会真笑的！"

史进洪请了几个帮工，早出晚归，7000株苗在苦竹弯6亩地里满栽满插。其他5户通过史进洪的联系都买到了树苗，也陆续种下。

开始，有两户家人还是有顾虑，但他们的地在苦竹弯，为了成片，形成示范园区，史进洪没少往他们家里跑，最终都达成了共识。

　　史进洪来到 4 社村民史天兴家，一说栽黄葛树，他就说："你是村支书，你敢把 6 亩多地都栽上，我怕啥？我信你，你说栽就栽嘛。"这是史进洪提出发展黄葛树产业的那段时间，听到最开心的话。要是老百姓都有这样的决心和态度，事情就好办多了。只是，奈何不了千人千心，耐心等待吧。

　　4 社村民孙希华才 20 来岁，初中毕业在家务农，家里很穷。父亲去世早，他很小的时候，母亲就改嫁了，他跟外婆长大。史进洪跟他说了村上已经把苦竹弯那片地划为第一个黄葛树基地，请他顾全大局，也能参与种植。当时孙希华家口粮都还有些青黄不接，看到史进洪都栽了那么多，斗胆说："那我就不考虑那么多了，你书记都不怕饿肚子，我还怕啥？我其他地方还有地可以种粮食，栽！"

　　一个星期后，代家村苦竹弯、猴儿弯20.5亩的第一个黄葛树园区就这样诞生了。

　　村支书、村主任、一名老党员、一名社长、两个群众，携手迈开了代家村产业结构调整的第一步。

5.　为什么不全力以赴？

代家村栽了一大片黄葛树的消息，像一条爆炸新闻一样，很快传遍了上罗镇，传遍了珙县。

史进洪听到的议论，大多与本村村民的说法一样：

"他们种了树，吃什么啊？"

"卖不掉咋办？黄葛树总不能当饭吃！"

"种果树都比种黄葛树强，卖不掉还可以自己吃。"

当然，也传到珙县相关领导的耳朵里，他们相信史进洪，支持史进洪。因此，在史进洪规划代家村第二个产业基地时，县政府有关部门决定给予5000元的奖励资金。

史进洪兴奋得睡不着，因为这是县上对他走的路子的认可，是给代家村调整产业结构"雪中送炭"，他更加充满了信心，坚定了信念。

只有一个基地远远不够。代家村需要一个、两个、三个……他的最终目标，整个代家村是一个像花园一样秀美芬芳的花卉林木基地，一个富裕而生机勃勃的现代产业园。

当然，目前这只是史进洪心中的蓝图。他转念一想，胸有蓝图，为什么不全力以赴？

2004年夏天，收割完油菜，栽完红苕，史进洪组织召开了村社干部会议，研讨规划第二个产业园区。他说："这个园区一定要比第一个大，要靠近公路，要亮眼。我们党员干部要多发动群众，多做动员工作，不要有后顾之忧。我们已经看到，去年栽下的苗子，今年都长到一两寸粗了。这是一种见效快、易成活的城市绿化苗木，很受市场欢迎。现在，已经有人在与我联系，预订我们的黄葛树了。大家在发动老百姓时，可以这样说，只要我史进洪的树卖得出去，村民的树就卖得出去。"

"史书记，你提议这个基地定在哪个社就哪个社，我们决不推诿。"1社社长说。

"对，史书记，你一锤定音吧。"其他社长都附和着说。

听到这样的话，史进洪很欣慰，这才是"钢班子"应该说的话。他刚上任村支书时，提出了建立一个"钢班子、铁队伍"的口号，曾将两个办事软弱拖沓、无担当、不作为的社长换掉了。

"我建议把三耳塘定为林木基地，它是亳雾山的一块开阔地，地势平坦，挨着学校，在路口，可以美化环境，也能起到宣传示范作用。大家觉得如何？"史进洪说。

"关键看3社的郭社长。"4社社长的提议，让大家的目光都集中到3社社长郭维刚身上。

郭维刚是名老党员，已经当社长多年，平时少言寡语，在群众中却很有威信。

郭维刚抬起头，看了众人一眼，说了两个字："要得。"

就这样，代家村的第二个产业园定下来了。

三耳塘是3社的地盘，紧挨学校和通往上罗镇的公路旁，那一片面积有近100亩，如果全栽上黄葛树，发展成园区，会是一道亮丽的风景。

这时，县上的科技扶持资金5000元已经拨付到位。对于这笔钱的使用，史进洪专门开了个讨论会，最后决定，全部用在三耳塘的苗木种植项目上。村上给3社下了一个任务：因三耳塘面积大，分两步走。第一步，先发展30亩，栽1万株黄葛树，用县上的扶持金，每株给村民5角钱的苗木补助。

郭维刚领到任务，还是感受到担子的沉重，他是知道大家的心里咋想的。好在这回史书记争取到了县上5000元科技扶持款，虽说不多，但能够让村民们看到或者感受到村上栽黄葛树县里是支持的、认可的，不是代家村盲目行动。他想，有了这些，和去年史进洪他们6家带头栽种的先例，思想动员工作会好做一些。

史进洪常说的一句话："打铁就得砧子硬。"他这么说，也这么做，自己带头栽了6亩。郭维刚想，自己作为一个社长，也应该以史书记为榜样，自己带头多种。俗话说："干部带了头，群众争上游。"

晚上，郭维刚跟妻子和父母说，想把三耳塘的两亩多地和兄弟的那几亩都种上黄葛树。说了黄葛树的前景，说了县科技局给了 5000 元扶持金，母亲没反对，父亲不表态，心里肯定不情愿。父亲说："黄葛树是长在荒坡、地埂上，地里是长庄稼的，收粮食的。栽了树，庄稼长到山梁上去？"

郭维刚憨厚地笑着，说："爸，我不饿肚子，你们就饿不着。就这么定了哈。"

妻子那头，郭维刚只需打声招呼就行。家里的事情，历来是他说什么，妻子都不会反对。郭维刚还有个同母异父的兄弟，叫吴吉轩，在外面打工多年，他的地一直由郭维刚在耕种。郭维刚不知道兄弟愿不愿意种树。他自己在三耳塘只有两亩多，如果兄弟答应，就有六七亩。这样，也不显得他这个社长落后。

郭维刚给兄弟吴吉轩打了个电话。好在现在村里通了程控电话，这都是史书记的功劳。要不，哪有这么方便。

兄弟在外跑了多年，思想开通，听说栽树，立马就答应了。还对他说："哥，你栽嘛，地都给你种了，你做主。你花了本钱和工夫，卖了钱都是你的。"

自己家里这头搁平了，郭维刚睡了个好觉。早上刚起床，座机电话铃响了，是史进洪打来的，说让村老协秘书长周道容协助他一起去做思想工作。有周道容出马，郭维刚更有把握了。

周道容以前总是跟上一届村班子对着干，你说东，他就说西。村民们不敢说的，他敢说，专门挑村干部的刺。得罪了村领导，却在群众心目中是个坚持原则的"纪委书记"，很有威望。

郭维刚与周道容商量，先在三耳塘规划了30亩，把这30亩17户户主梳理出来，两人分头去动员。

三天下来，全答应签字了。

代家村第二个林木基地，在郭维刚、周道容的带领动员下，30亩黄葛树栽下了。

周道容的土地流转给花木合作社拿去做苗床了，还有一些地在山坡上，那年镇上发展香桂树，全栽了香桂，现在只剩下几分地种菜，他还是花了25元去买了5棵苗子栽在地埂边。

栽树那天，天空澄明，可谓秋高气爽。17户栽树农户都早早地来到了三耳塘，杵着锄柄围成一圈，史进洪站在中间，比画着、讲解着："尽管大家都是老农民了，栽了多年的玉米、红苕、蔬菜，但栽黄葛树都是第一次，它与栽玉米、油菜不一样，首先深度、宽度要挖到位，分别在60到80厘米，回填土要密实，要用脚踩紧。如果深度不够，大风一刮，就给你吹翻了……"

窝距、行距线路是郭维刚和周道容头天根据黄葛树的栽植要求放好的。史进洪讲解后，拿起郭维刚手中的锄头，挖了窝，亲自栽下三耳塘园区第一株黄葛树苗。

史进洪放下锄头，问："都清楚了吗？清楚了就到公路边领回自己的苗子，开栽吧。"

村民们边领树苗边问史进洪："史书记，这树怎么卖？我们只知道卖粮食的市场，可找不到卖树的市场。"

"放心，有我们村委会。"

"史书记，你发动我们栽树，到时候没有饭吃就到你家去哈。"

"放心，你们的肚子我负责喂饱。"

"史书记，要是真能赚到钱，我一定请你喝五粮液。"

"好呢，到时你不要耍赖。"

在一片热闹的玩笑和欢笑声中，代家村第二个产业基地栽满了黄葛树苗。村民们在空白处，间种了花生、玉米、红苕或其他农作物。

朝阳下，一片片绿油油的禾苗随风摇曳，跃跃生长……

随着村民种植黄葛树人数的增加，种植面积的不断扩大，史进洪萌发了成立花木协会的念头。发挥行业协会的组织、协调、指导和服务职能，团结广大会员，就能促进全省花卉产业快速发展、做大做强。他早在郫县参观时，就想到会有这一天。

揣着一个构想就揣着一份喜悦。

村道路蜿蜒盘旋，摩托车滑雪似的轻盈。翻过毫雾山最后一道梁，前面就是通往县城的大道了。史进洪不由得加大油门，摩托车迎风疾驰。今天，史进洪要去县民政局，成立"珙县代家花木协会"的资料已经准备好了，新栽黄葛树的村民20多户全都签字按了手印，史进洪兼任花木协会法人代表。

到了县民政局，跑窗口，递资料，填表格，方便快捷，一路绿灯。几天以后，执照就拿到手。

9月，史进洪选定了一个好日子，在代家村举行"珙县代家花木协会"揭牌仪式。他想借这个机会扩大影响，把更多人的目光吸引到发展产业的路上来。

村委会小广场，有鲜花，有彩旗，有彩台，高音喇叭播放着嘹亮的乐曲。代家村的村社干部和20多户入会的种植户整齐列队，围观的男女老少比参会的人还要多。

史进洪站在台上，手持话筒，亮起大嗓门，宣布珙县代家花木协会成立。

台下掌声加笑声，声浪在山谷间回荡。

在那个年月，在中国临近大城市的乡村，成立花木协会早已不是什么新鲜事，而对于处在毫雾山区深处、偏远闭塞的代家村来说，不仅新鲜，而且意义还非同小可，它是代家村发展史上的一件大事，它标志着代家村花木业开始走上统一管理、协调发展的轨道。

史进洪说："花木业是朝阳产业，全社会对花木的需求越来越高，我们村发展花木、栽黄葛树的方向不会错。现在我们把协会搞起来，大家种树就有组织了，以后在信息交流、技术服务和销售方面，就有依靠了，就不用发愁了。我们都去过泸州、郫县，人家的花木业也是从零起步，为啥搞得风生水起？就因为有花木协会牵头，我们照葫芦画瓢，一点一点地学，一定能够闯出一条适合我们村花木发展的路子！"

6. 被考验的勇气

黄葛树本来是野生树，长在山坡崖壁。一旦把它移栽在养分充足、土壤厚实的地里，尤如从糠箩筐跳进米缸，见风就长。

吃过早饭，史进洪扛着棚梯走进苦竹弯。眼前一片片黄葛树在晨风中翻着绿浪，发出"呼呼"的声响，顿时，一种自豪感油然而生——这都是自己的杰作，史进洪的脸笑得像山梁上的朝阳一样灿烂。

难得今天有空，史进洪是来修剪树冠的。这片黄葛树栽下去两年多了，如今已经成林，大的树干直径有两寸了，再长一年，就达到出售的标准了。陈斌说过，树冠修剪得好，美观，好出售。这一道工序不能偷懒。

但眼前这一片第一批发展起来的苗木，由于忙了一个多月的秋收秋播没来管理，如今那些枝丫像没梳理的女人头发，蓬乱地生长着。

史进洪自从担任了代家村花木协会的法人，肩上就多了一副担子。种树方面的技术活，不仅自己要带头摸索，还得管好其他的种植户。

史进洪挨个给其他种植户拨了电话，催他们尽快修枝，不要让绿化树长成了野生树。史学松是村主任，今天要值班，另外几个种植户有事赶场去了，只有孙希华在家，说等会就来。

史进洪把手机放进裤兜里，安稳棚梯，刚站上去剪掉第一根枝丫时，听到公路上传来的声音："史书记，不去赶场啊？"

史进洪望了一眼公路，是几个村民去上罗镇赶场，正在路口等车。有的背了一背篓蔬菜，有的提着一篮子鸡蛋，有的提着两只鸡……

"修枝呢，今天就不去了。"史进洪举起手中的剪刀，扬了扬，对公路上的人说。

"洪二，你这黄葛树长得好快，都可以做锄把了呢。正好我昨天挖地断了锄把，卖我一根，还是给你市场价，4元一根，要得吗？"

这是田大爷在用开玩笑的方式挖苦他，史进洪心里明白。公路上几个赶场的人都哈哈笑起来。苗子都6元一株，长了两年，当锄把卖，还亏本两元。那几个人显然是在嘲笑他，等着看他的笑话。

史进洪也不跟他们生气，也笑着说："亏本买卖我才不干呢，我这树要卖高价的，你就是给我40元一根也买不到。"

"洪二啊，你发财在这黄葛树上，倒霉也在这黄葛树上。好自为之吧。"另一个年长的叔辈用老于世故的口吻说。

一辆三轮车鸣叫着开来了，几个人爬上三轮车，"突突突"地往上罗镇开去。苦竹弯又安静了下来。

这些类似的话，从栽下苦竹弯这片黄葛树起，就不断地涌进史进洪的耳朵里。刚开始听到，心里会有一些不舒服，到现在已经听多不惊了。史进洪承认，最后这句"发财在这黄葛树上，倒霉也在这黄葛树上"的话没错。但他对发展黄葛树这条路子充满信心和希望，他认为，不会倒霉的。

这时，孙希华扛着梯子慢吞吞地来了。孙希华的地挨着史进洪的地，他没直接下地去修剪枝丫，就站在史进洪旁边，看着史进洪修剪。

史进洪笑着说："怎么，上次跟你讲了修枝要领，又忘记了？"

孙希华说："上次树小，这不，现在都要站梯子上才能修剪了，不一样了嘛。你剪你的，我看看，比着你的造型剪。"

史进洪先剪的一株已经完毕，将梯子移到另一株旁，说："我们这树将来都是卖给城里去搞绿化的，枝丫疏密要有度，要造型饱满。比如这一株，这边树冠有一个缺口，没有枝丫，我们就要培养它往这边生长。而这边枝丫过密，造成树冠重心偏离，既不美观，如果吹大风，树还容易被吹翻。所以我们要控制这边的枝丫生长，要剪掉一些，让树冠大致平衡……"

史进洪边说边用手指比画着。

"史书记，我就爱听你讲，容易懂。上次那个培训老师讲得我云里雾里，没弄醒豁。"孙希华"嘿嘿"笑着，往自己地里走去。

正是晚秋，天还不太凉，头上太阳晒着，史进洪的额头浸出了细密的汗水。

苦竹弯很安静，除了远处山梁上的斑鸠在"咕咕咕"地叫着，听到的就是剪刀剪断枝条的"咔嚓"声。

快到中午的时候，史进洪来到孙希华的林地，给他递上一支烟，自己点燃一支，看着孙希华修剪过的树冠，夸赞说："嗯，不错，就这样修剪。"

刚说完，史进洪的手机响了起来，一接听，对方说是陈斌的朋友，从陈斌那里得知史进洪这边有苗木，说想买他的黄葛树去绿化。

史进洪说："我们的树还没长够标准，明年吧。"

孙希华听了，问史进洪："史书记，这树都有人来买了啊？"

"是呢，只是我们的树还不达标。"

"太好了，史书记。多少钱一棵？"一高兴，孙希华就从梯子上跳了下来，不小心踩倒了两株间种在地里的正挂着红缨的苞谷，"哦豁"一声，忙把苞谷苗扶正。

"30元。"

"这锄把点大就30元一株？"

"再大一点就不只这个价了。算算，就按这个价，一亩地500株，比种庄稼如何？"

"我算算哈。一株30，10株300，100株3000……哎呀，妈咧，一亩地不就要卖15000吗？我3亩地不就值4万多了吗？种10年庄稼也卖不了这么多钱，这树栽下才两年多时间呢。这下不愁没钱买米了。"孙希华想着自己穷了这么多年，这下马上就要成为万元户了，显得十分激动。

"这么低的价，我没答应。等长够尺寸，至少得两三百一株。"史进洪很平静地说。但他这句"我没答应"却如一盆冷水泼下，泼灭了孙希华当"万元户"的热劲儿，让他瞬间如霜打了的茄子——蔫嗒嗒的了。

史进洪看出孙希华的沮丧，忍不住笑了，说："孙希华，看你那点出息，这么便宜的价钱就看上眼了？等到卖 300 元、400 元一株的时候，恐怕你就要喜成疯子了。"

孙希华"嘿嘿"地笑着，说："史书记，你是晓得我的家底的，穷了这么多年，好不容易下定决心，跟着你种树，就盼着能早点翻身嘛。你看，今天机会来了，你又放弃了，我这不着急吗？"

"我放弃这次机会，是为让大家赚到更多的钱。小孙，你就放心，我对自己看准的路子有信心。你那么着急想卖钱，是不是栽了树苗没粮食吃了？"

"这不，间种有苞谷洋芋，粮食紧是紧了点，万一接不上收粮食，我去借点就挺过去了。去年借了亲戚家100斤苞谷，大不了今年再去借一年。"

孙希华说得有点悲怆，史进洪听得也心情沉重。

是的，村里的黄葛树是他发动栽的，刚栽下这两三年，如果家里没囤积有余粮的，可以想象日子的艰难，但熬过这三年就好了。好在先有胆量跟着他栽树的农户，大多是有头脑、见过世面、家里日子过得稍微顺畅一些的人，或者有人在外打工每个月有收入的家庭。等这一部分敢于吃螃蟹的人先发展起来，其他的人自然就带动起来了。

7. 让家家有产业

孙希华一高兴，就成了传话筒，把有人打电话买树的消息传播了出去，惹得村里人议论纷纷，问他：真的假的？

孙希华就"嘿嘿"地笑，说："你去问史书记。"

周道容就亲自问过史进洪，得到肯定回答后，就特别后悔当初把山上的林地都栽了香桂树，十多亩啊，当时动员栽树的乡干部说，成林后建香桂油厂，收购香桂枝条炼油。好些年了，这件事情都没有人提起，香桂油厂更是连个影子都没见到。而村上史进洪带动栽黄葛树，才两年多时间，就有人迫不及待要来买树了。由此可以推断，目前黄葛树在市场上真的走俏。

要在以往，以周道容率真、刚直的性格，早就去找动员他栽香桂树的干部质问了。但现在，他已经是代家村老年协会的秘书长，他得改改以往毫不顾忌的直性子，说话嘴上得把把门儿。

他还后悔把仅有的靠公路边的两亩多地以每年300元一亩流转给村花木协会做苗圃地，虽然当时看起来比种庄稼划算，现在与种黄葛树相比，那流转金就值一棵树的钱。但那是签了合同的，签了合同就得遵守。何况，他也算代家村的"名人"，绝不能做出耍无赖的事情来。

当初，史进洪要发展黄葛树，周道容也以长辈的口吻提醒他："稳重点，不要拿群众的温饱做赌注。"现在看来，史进洪确实与一些干部不一样，他胆大、心正，敢闯又心细。

想到这些，周道容几天几夜没睡好觉。觉得不能自己去动员别人，自己也得种点苗子，这么好赚钱的路子，自己总不能眼睁睁地错过吧。最后，他决定去把在外打工的一户村民的地租来种树。

用电话一联系，对方虽然在外地打工，似乎对家里的情况很了解，在电话里说："看你老人家的面子，我只能把三耳塘那边的几分地租给你，其他的地，我留着，过两年看，说不定我们就不打工了，也回来种树。"

几分就几分吧，总比没有强。这一年，史进洪又从县科技局争取到6000元的苗木培育资金，村"两委"开了个"2006年苗木产业动员会"，会议决定与上次一样，用于苗木补贴，进一步扩大三耳塘基地，要求3社社长郭维刚和老协秘书长周道容继续发挥去年的"党员干部发动群众"的精神，做好动员工作，还有，与三耳塘连片的其他社的农户，也要动员起来，争取让三耳塘片区那100亩全部绿起来。

过了两天，史进洪去3社参加三耳塘基地苗木发展群众动员会。让他意外的是，刚一到，就有几个村民把他围住。

这个说："我要栽树。"

那个也说："我要栽树。"

史进洪连连应着"好好好"，强调："这次县上给的 6000 元，只用于三耳塘基地黄葛树苗木的补贴，基地之外栽植的其他苗木，不在补贴之内。"

这次的动员会，成了种植户登记会。农户报名，社长登记。最后一统计，三耳塘那边有地的农户全部登记了，有近百亩，还有农户愿意在其他地方栽植的，也做了登记。

这时的史进洪，通过对绿化市场的接触和观察，已经认识到，村里发展黄葛树，品种太单一，不能满足城市绿化多元化的需求。要让村民们摆脱对种庄稼的依赖，户户成为苗木产业专业户，年年有收入，就得发展多种苗木，甚至花草，尽量做到一次性能满足一个小区所有的绿化需求。

秋季马上就要过去了，冬季也是植树的好时节。购买树苗的任务由村上花木合作社统一购买。另外，还引进了乔木科苗木，6000株香港紫荆、红叶石楠。先由几户党员和干部带头种，并规划了另两个园区：香港紫荆园、红叶石楠园。

周道容赶上了时机，他租的几分地里，面积不大，品种却多，黄葛树、香港紫荆、红叶石楠、桂花树都栽了些。其实他前年就想栽，因为没地，只花了25元钱买回的5棵黄葛树苗栽植在房前的路边，过了年就可以卖钱了。

三耳塘去年动员发展了17户农户栽种黄葛树，今年新增35户，让三耳塘基地的面积由去年的30亩，一下子扩大到100亩。

代家村的苗木种植户，也由最初苦竹弯的6户，一下子增长到60户。

欣喜之中，史进洪更觉得肩上责任的重大。先栽下的树马上到了该出售的时候了，需要跑销路。如果销售不出去，还没栽树的农户谁愿意再跟着栽？还有，代家村220户农户，现在植树的60户还不到三分之一。还有许多农户全家或者两夫妻都在外打工，他要用代家村的产业发展把他们吸引回来，把他们留住。更多还没栽树的农户，不是贫困户就是守旧派，这些人大多是摸着石头过河、不见兔子不撒鹰的心态。要让他们动起来，还有一定难度。

史进洪给自己，也是给代家村定的最终目标就是：家家有产业，户户当老板，最终摆脱贫困，共同富裕。

这年冬天，代家村的三耳塘硬是热闹了起来。史进洪带领一支三四人的放线队伍，冒着严寒，在三耳塘基地统一丈量、放线。人手不够，他把在学校代课十多年的史进勇喊来帮忙。因为这一年，他也要栽4亩多树苗。史进勇也是个党员，第一年史进洪动员他，他答应了，他母亲不同意。

他母亲说："我活了大半辈子，只听说种水稻、玉米、洋芋，从没听说过在庄稼地里栽树。就是村里的那些枣树、李子树、杏子树也都是栽在房前屋后的坡坎上。"史进勇没跟母亲争吵，想着老人自有老人的观念，得慢慢改变。今年，因他家那4亩地就夹在三耳塘中间，如果不种上，就连不成片，将来就大煞风景。

那天，史进洪在办公室听到学校下课铃声，就过去跟史进勇说:"今年把三耳塘那几亩栽了吧?那是全村规划了的黄葛树基地,你一家的地隔在中间不好看。"

史进勇说:"书记,你第一次跟我说我就答应了。可是我妈不同意啊,她认定地是用来种庄稼的,还说种上树就成了荒坡了,我不可能违逆我妈意愿。唉,我也难啊,书记。"

史进洪说:"那我们一起去做你妈工作。"

下午放学后,史进洪同史进勇一起去到他家。史进勇父母坐在院坝里搓玉米。史进洪挨他们坐下,拿起一个玉米边搓边说:"婶子,现在我们村党员干部几乎都栽了树,你们还顾忌啥子啊?我能拿大家的饭碗开玩笑吗?我自己第一年都栽了6亩,你们是知道的。其实我也想挣到钱,有钱好办事啊。难道你们不想把自己家这几间房屋掀掉修成楼房?我发展栽树,是经过深思熟虑的,对市场都进行了调研……"

史进勇父母一想,觉得有道理,先种树的都是村里有头有脸的人家,他们都比自己聪明,都敢带头种那么多,都不怕,我们儿子也是党员,又在学校当代课老师,不能拖儿子后腿。

史进勇父母沉默了一会儿,看了看自家那几间土坯房,然后他母亲就说:"那就种吧。"

做思想工作,有时对方如一座山,无论你怎样旁敲侧击,他自岿然不动;有时就是隔着一张纸,你轻轻一捅,就敞亮了。

三耳塘基地这一年就成为代家村最大的一个产业示范园。同时引进的6000株香港紫荆也规划在公路沿线,形成了又一个产业基地。

8．我也要栽树

栽树前三年是最难熬的。不只是孙希华日子过得苦，凡是家里没有人在外面打工、以前没有存款和余粮的，日子都过得很紧巴。所以好些人在家栽树之前，都充分考虑了栽树以后的日子咋个过。为了日子能撑下去，大都没把全部的土地栽上树，还有余地种粮食作物。栽树的头两年，苗木还没长大，都还间种了庄稼。

4社的史元绪也是第一批栽树人。父亲早过世了，家里就他和兄弟与一个老娘，日子过得特别苦，三四间住房冬天透风，夏天漏雨。为了有顿温饱的饭，两弟兄只得下煤窑去挣钱。

史元绪干活踏实，在矿上入了党，还被巡场一个女子看上，愿意嫁到穷得远近闻名的代家村来，让代家村的一些光棍们眼红得流口水。

史元绪心里暗自得意，为自己因为家穷被逼下煤窑感到庆幸。挖煤是最危险的工作，人们都说，当挖煤工，是先埋后死。还真是这样，比如他的兄弟。他兄弟在煤窑出事后，妻子担心他的安全，曾劝他不要下煤窑了。他想着女儿已经上学了，不出去打工，一家人只靠种地日子咋个过得下去？日子过不下去了，女人就会飞走的，村里有好几个家庭都是这样。史元绪还是咬着牙去了矿上，继续下煤窑。

史元绪清楚记得，那是初秋的一个傍晚，他从巡场煤矿下班骑车回来，史进洪已经在家门口等着他了。

史元绪有些诧异，问史进洪："史书记，有事吗？"

史进洪说："就是有事，才来家里等你。"

他与史进洪虽然是一个社，房屋隔得还是有好几百米远。史元绪忙让史进洪进屋坐，史进洪没进屋，说还有事要去其他农户家里，就直接跟史元绪说："把你家的地栽上黄葛树吧？"

"栽黄葛树干啥？"

"卖钱呀。"

"这树也能卖钱？"

"俏着呢。栽下三年后就可以卖了，几百元一株。"

"那好，就栽吧，反正我兄弟不在了，我又在煤窑上班，忙不过来。"

听史进洪说黄葛树能卖钱，而且价钱那么高，史元绪就动心了，他真的太想改变眼前穷困的生活状况了。

史元绪地不多，一部分租给别人去了，剩下的地，第一年栽了300棵黄葛树，史进洪用石灰粉给圈的窝子。第二年又栽了100株。这时他的女儿已经上初中，正需要花钱，地又栽了树，本来就缺粮的日子，过得更苦了。史元绪继续在煤矿打工，本以为每个月按时发工资，一家人的日子还撑得住，偏偏煤矿要年底才结算，弄得家里买米的钱都没有了，还不说生疮害病、日常开支。

看着妻子愁容满面，史元绪只得去找老娘借钱用。不是被逼无奈，他是不愿去借老娘手中的钱的，那是弟弟用命换来的抚恤金，留给老娘养老的钱。他流着泪从老娘手里接过两千元。

苦日子可真难熬。史元绪盼着，日子过快一点，树长大卖了钱，好把借母亲的钱还上。

村里其他栽树的农户何尝不是与史元绪心情一样，尽管大家对史进洪很是信任了，对村里发展林木的路子认可了，但对于树能不能卖成钱，心里还是一直打着问号，他们每天都把心悬着，期盼着卖树的那一天早日到来。只有当树变成了现钱，他们心里才会踏实。

转眼就是2007年了。过完春节，村里外出打工的人陆陆续续走了，代家村又安静了下来。

这年，在县城已买房五六年的史元奎一家人回村了，而且没随打工人流外出，一大早来到史进洪家里来找他，一见面就说："今年我们不想外出打工了，村上今年还栽树不？"

史进洪看着史元奎一头花白的头发，就明白了他的来意，说："我们村现在决定走花卉苗木这条产业路，每年都要发展苗木种植，都有规划和安排，直到全村的每家每户的坡坡坎坎都栽满为止。"

史元奎一听，开心地笑了，掏出一支招待亲戚才买的好烟递给史进洪，说："那好，我先报个名，我把十多亩地全种上，你一定要帮我把苗子计划够。唉，要早听了你的话，现在树都快卖钱了。"

说着，史元奎不好意思地笑着。

史元奎与史进洪是一个社的。村里刚发展栽树那年，史元奎回来过春节，史进洪在路上碰到，动员他说："地撂荒在那里，不如栽上黄葛树，到时不打工了还可以卖钱养老。"

史元奎说："黄葛树也有人买？山上那么多，咋不见人来买？我不信。"

过完年，史元奎继续和老婆外出打工。没想到，今年思想却来了个大转弯。

史进洪说："不外出打工了？"

"我都65岁了，还跑出去干啥呢？再说，以前是在村里挣不到钱，被逼无奈才出去的。现在我在外面也看到了，这些年各地都在搞城镇化，相信种绿化树能够卖到钱。史书记，还是你有先见之明啊，我现在决定在家种树了。再说，我都这么大岁数了，跑出去还有啥意思？人家也不愿意要了。"

"好啊，那你就安心在村里发展苗木，我能卖到钱，你就能卖到钱。"史进洪说。

史元奎是村里最早出去打工的那一批。他们从青壮年时出去，长期背井离乡在外，干最苦最脏最累的活，没有社保，没有退休金，渐渐老了，别人不要了，只得哪里来回哪里去。村里同史元奎一批出外打工的村民，至少有近百人，现在他们都快成老人了。有的回来了，有的还在外漂。史进洪希望通过村里发展苗木产业，能给他们一个安稳幸福的老年生活。

这一年，回代家村种树的还有史学柱，也是与史进洪一个社的。1999 年 10 月，两口子外出打工。史学柱进了浙江嘉兴的洋河制衣厂，一天十多元，上 12 个小时班，虽然苦，工钱也低，还是觉得比待在代家村这个穷窝子强。2001 年两口子回家过春节，看到家里的房子因为没人照看，房子上好些瓦片都不见了。又遇到下雨，被子淋湿了，冻得大人孩子浑身发抖。村里那句俗话说得好："打工打工，天通地通。"真是这样。

过完年，他们又准备返回浙江嘉兴。出发那天，两人一人拖一个大旅行箱，来到村小学公路边等车。当时村公路还是土路，有一辆旧面包车在跑运输拉客人。说好的 10 点钟到，可两人等到 11 点多还没来。自己没电话，找人打电话问，原来因为路太烂，车子在一转弯处翻了。火车票已经买好，怕赶不上火车，两人急得团团转，喊来两辆摩托车，蹦蹦跳跳地往车站赶。吓得他们不断地喊摩托车师傅："慢点，慢点……"

等他们坐上公共汽车赶到火车站，火车已经启动了，只得改签。

这次赶车伤透了心，看到家乡的路烂，又没有发展的希望。两口子一狠心，就决定在巡场镇买房。找到房产公司一个姓周的熟人，正好有一套，就买了。以后，每年春节都回到县城住，再没回代家村走那条烂泥路了。

听史学柱说想回村种树，史进洪问他："不住县城了？"

史学柱说："城里哪有我们代家村空气好？现在电话也通了，路也通了，我们也想叶落归根了。栽了苗木，今后就守着花园养老，还能挣钱，想着就很美，哈哈。"

看着村里的苗木产业把外面打工的人也吸引回来了，史进洪平添一份自豪感。

从2003年开始，代家村通过党员干部带头搞示范园区，摸爬滚打，不懈探路，然后发动群众扩大园区，从最初苦竹弯的6户20.5亩黄葛树基地，发展到2005年三耳塘的100亩黄葛树基地，到2006年又引进6000株香港紫荆，形成又一个新型的紫荆产业园区。代家村的苗木种植如星星之火，正在形成燎原之势。

2006年秋天，史进洪在全村党员干部会上响亮地提出："要让代家村花木业之路越走越宽广，我们就要上规模、创品牌、闯市场！"

史进洪的话音一落，就得到参会人员一致鼓掌赞同。

代家村连续三年发展苗木示范园区，早引起了县上、镇上的重视，时任县委书记到代家村调研工作并给予肯定和鼓励。随后，一轮一轮的相关技术专家被派进了代家村，对全村花卉苗木进行了科学规划，对全村花卉苗木种植户进行培训，传授扦插技术、高枝嫁接技术、林木修剪技术。史进洪还被县上推荐去四川农业大学深造，学习专门的花卉苗木栽培管理技术。

在川农大，史进洪埋头学习，出人意外地把十多年的烟瘾也彻底戒掉了。

紧接而来的2007年、2008年、2009年，是代家村放开手脚大干的几年，他们种植的面积成大规模的发展态势：香港紫荆园区、红叶石楠园区、桂花树园区……园区一个接一个在代家村那片沉寂又贫瘠的土地上诞生。

我们来看看代家村各园区的规模：香港紫荆150亩，种植在5社、3社；红叶石楠300亩，种植在1社、4社；黄葛树由最初的20.5亩扩大到300亩，主要在3社和4社。

从中可以看到，除2社外，每个社都有苗木园区了。

那么，2社咋没有？这是最让史进洪挠头的事。2社的土地好，有水田，是代家村的粮食囤子，干部群众都舍不得把那片上好的农田用来种花花草草。史进洪没少往2社跑，动员一次又一次，群众一直不答应。史进洪在心里想着，总有一天，他们会心甘情愿融入代家村的主流产业。

第3卷

一把金钥匙

"等比定销"，被称为一项伟大的发明，是代家村人共同富裕的一把金钥匙。

1. 第一桶金

　　看着最先栽下去的黄葛树一天一天长大成林，史进洪和村里干部、种植户喜中带忧。大家心里都清楚，栽树就是为了卖树，卖树就是为了赚到钱，赚钱就是为了治穷，为了过上好日子。如果树卖不出去，前面的工夫就白费，全村决定走花卉苗木产业的路子就难走下去，所有的初衷，都会随落叶飘零。

　　2006年伊始，史进洪把"跑销路、跑市场"纳入村"两委"议事日程。这年，史进洪组织全村党员干部开的第一个会，就是关于为黄葛树找市场的专题会。他说："我们村这两三年发展苗木种植，我们党员干部以身作则，白天下地带头干，夜晚做群众工作，我们坚信'党员带农户，一定能致富'。让群众也坚信'跟着党员干，一定有钱赚；跟着支部走，一定能富有'。我们的几个产业园发展起来了，这都是因为大家信任我史进洪认准的这条路子，这也是大家共同努力的结果。现在，我们栽的第一批黄葛树马上就到出售的标准尺寸了，第二批、第三批紧接着就跟上来了。我希望在座的各位，有人脉的发动人脉关系，有朋友的动用朋友关系，为我们代家村的苗木产业找销售路子。如果该出售的又没卖出去，这会让栽了树的农户寒心，让观望的人失去信心。我们山沟沟里种了摇钱树，你摇不出来钱，群众就不信任你……"

正说得起劲，他的手机响了。史进洪本想会后再回电话，看了一眼，是镇长姚陆星打来的。

史进洪一接听，高兴坏了，是关于卖树的事。

史进洪上次去镇上汇报工作，姚镇长曾经问起村里种植黄葛树的情况。史进洪说，第一批黄葛树马上就可以出售了，我们正在为销售市场着急。想不到，他这样平平淡淡的一句话，被姚镇长记住了。

"告诉大家一个好消息，姚镇长给我们村的黄葛树介绍了第一单生意。我们的黄葛树马上就可以换成钱了。"

会议室一下子活跃起来。

"多少钱一株？"

"卖到哪里？"

"第一年栽的10000株全卖吗？"

史进洪告诉大家，姚镇长介绍的这批树不多，是宜宾南岸一个小区买去用于绿化，价钱也不高，50元一株。是因为我们的树都还达不到直径8厘米的标准。我们算算，就按这个价，一亩地栽400株，该多少钱？是不是也比种庄稼强很多倍？因为是第一单生意，他们要的树也不多，我才答应了，先给种植户一颗小小定心丸。大家想想，这些树咋个卖？

"按村里兰草种植户的规矩，哪个联系到的生意，就买哪家的。外面那些村发展种植的水果也是这样卖，这是这些年的市场规律，是老规矩。"一个老党员说。

"正因为是这样，外面有的村果树发展起来了，又被农户挖了，继续种庄稼，为啥？"周道容说。

"果树多了卖不出去嘛，还是觉得粮食稳当。"1社社长说。

"这些都是前车之鉴，充分证明了当下农村要发展，各顾各成不了气候，抱团取暖才能够共同发展。我们不能走别人失败的路。关于卖树这件事，我们代家村第一步就要走稳，走出我们代家村的风格。我们回去后都认真考虑一下，谁联系谁卖树这条路是绝对不可行的，我们要考虑代家村的长远发展，共同富裕才是最终目的！"史进洪说。

第二天，史进洪让村文书史天全把第一批栽黄葛树的6户所栽的苗木统计出来，按照每户种植黄葛树的多少来分摊每户卖树的数量。计算出来，史学松卖20株，史元绪14株，史天兴12株，史学金10株，孙希华10株，史进洪栽得最多，卖50多株。

史进洪去通知孙希华挖树时，他还不相信，露出一脸惊讶，问史进洪："听说人家只买100多株，你家就栽了7000株，都不够卖啊？"

史进洪说："小孙，我说过，我的树卖得掉，大家的树就卖得掉。我们这次是按照栽树多少的比例来定。你栽得少，这回先卖10株，解决一下临时困难。"

孙希华似乎有些感动，说："史书记，我还以为等你们的树卖完了，我的树再等机会，看有人来买不？想不到……想不到……"

说着，就有些哽咽了。

史进洪去史元绪家时，史元绪还在煤窑上没下班，他妻子在院门口剁猪草。听说可以挖树卖了，也高兴得不行，问史进洪："书记，啥时挖树？我好让史元绪回来，我怕我一个女人家搬不动。"

史进洪说："明天，明天他们的车子就来村上装。你不要耽误史元绪上班，村上这么多男劳力，搭一把手就弄上车了。"

第二天一大早，代家村开进来两台小型货车，进了苦竹弯，停在公路边。

黄葛树地里闪动着挖树的人影。有的是自家在挖，有的请来人帮着挖树。

刚成林的黄葛树园区里，不断地传出"咔嚓""咔嚓"的锄头碰撞泥土的响声，惊起林中夜宿的鸟儿，它们飞起来在林子上空打一个盘旋，发现那么多不速之客在"毁坏"林子，"叽叽喳喳"叫骂几声，往远处山林飞去。

史进洪的父亲也来帮着挖树。他本来有哮喘病，挖几下就气堵，他不得不停下来撑着锄把歇一会儿再挖。从他脸上的表情可以看出内心的愉悦。现在，他一定默认了史进洪当初栽树的行为。

正是腊月，寒冷的山风在呼呼地吹着，风不大，很冷，挖树的人额头都冒出了汗珠。许多村民跑来围观，他们站在公路边或者地埂上，麻雀一样小声地议论着，却听不清他们说着什么，但从他们的眼神可以看到一份惊讶和期盼。

史进洪说，第一次卖树，还卖了几棵自留山上的大黄葛树，钱不多，就5万多元，除去成本，赚了4万多。这是代家村走花卉苗木之路赚到的第一桶金，它刷新了代家村人陈旧保守的观念，让村民们从这5万元中认识到，黄葛树真的能卖成钱，种树真能变成钱，还比种庄稼划算。

过了4个月，一个叫陈培光的人来到代家村，在村"两委"办公室找到史进洪，说明来意，让史进洪很是惊喜，马上与他握手，让座、上茶。

陈培光是来买树的，是代家村接待的第一个商家。他是长宁县城人，专做林木绿化生意。史进洪前不久通过朋友关系联系过他，告诉他代家村有100多亩、两万多株黄葛树苗木，还发展有香港紫荆、红叶石楠基地，有哪里需要将优惠卖出。本来是撒网式广播信息，想不到今天真的把他"网"来了。

陈培光喝了两口史进洪给他倒的茶水，就急着要去黄葛树基地看看。正是初夏，阳光已经有些烤人。两个人流着汗水把苦竹弯和三耳塘两个黄葛树园区看完后，陈培光说："我以为你是吹牛，没想到你们这里真有这么大的苗木基地。"

史进洪说："陈老板，你都看到了，我们村现在这个状况，村民都还是住的土墙房，改革开放这么多年了，我们村还过着

20世纪七八十年代的日子，好像一个前朝遗老，一个字，就是'穷'。我希望通过发展苗木这一产业，带领大家把日子过好一点。"

陈培光站到一高处坡坎上，向四周一望，说："史书记，你认准的这条路走对了，现在城市正需要大量的苗木搞绿化，苗木产业赶上了一个好的机遇。你们这个村，喀斯特地貌，发展其他的产业，都没有先天优势，苗木产业搞对了。"

史进洪说："陈老板是绿化行家了，还请今后多关照我们代家村，通过你的关系帮我们一把。"

陈培光说："这个自然。看得出来，你与其他地方种植苗木的老板不一样，他们是流转土地，搞个人产业园。你不同，你是通过自己带头种，来发动村民种。你的心胸我佩服。这次我本来只是来探一下虚实，还是打算到交通方便的地方去买。说实话，你们代家村的路，大货车进不来，得用小货车转运到上罗镇。这样，装卸车的费用加转运费，得多花几百元。"

史进洪说："这路，我们村上正在向上级争取项目资金扩建，过不了多久就会修好。"

2．别忘了栽树的初衷

回到办公室，史进洪以为陈老板这次不会下订单，他却说："你们这样偏僻的山沟沟里，能发展起来这么大的苗木园区，确实不易。为了表示我对你个人的佩服，这样，我先在你这里订1200株黄葛树，给200元一株，规格在8—10厘米直径，你们负责挖苗、上车，行不？"

陈培光一下子定这么多，让史进洪有点意外。他激动地握住陈老板的手："太好了啊，陈老板。感谢你对我们代家村的支持。这对我们代家村今后扩大苗木产业，是很大的鼓励和刺激。"

史进洪没有与陈培光讨价还价。他知道代家村没区位优势，又交通不便，人家愿意远天远地跑来买苗木，已经不错了。何况，陈老板给的价格也算公道。

史进洪让史学松根据双方意愿马上签订了合同。

代家村第二单苗木销售就这样简简单单、出人意外地顺利成交了。

这消息像插了翅膀，很快在代家村传播开来，让种树的农户激动不已。尽管后两年才栽的树直径大多还达不到8至10厘米的标准，他们的心里却踏实了很多，也庆幸自己听了史进洪和动员他们栽树的党员干部的话。

眼下，他们最关心的是这树怎么卖？第一次卖树，是史进洪提出按照农户栽树的比例分派卖的。这一次呢？下一次呢？以后的以后呢？会不会又回到村里卖兰草的那种局面？会不会又像前段时间，两家人为卖树打起来呢？

种种忧虑，在代家村种植户的心里画上了很多问号。

前不久，史天兴联系到一个客户来代家村买树，客户进村时史天兴不知道。史元凯见有人来买树，喜出望外，就理所当然往自己苗木地里领。客户买走了他家的树，史天兴后来知道了很气愤，来找村党支部解决。树都卖了，咋个解决，只有对史元凯批评几句，让他给史天兴买两瓶酒上门赔礼道歉，出了这口气才风平浪静了。

这次卖树，让史进洪和村"两委"班子看到了一个必须解决的问题：代家村的苗木销售，必须有一个良好的机制。不然会出现恶性竞争、相互杀价的不良风气，要乱套的。

这时的代家村，已经发展到60多户农户种树，所有种植户都在观望着，期待着……

这些天，史进洪也一直在考虑卖树的问题。作为一个村支书，怎样把一碗水端平，让大家感到公平公正，这是最起码的。第一次卖那100多棵树，他只是凭一个人的良知，本着对跟他种树农户负责，临时那么决定的。从第一次卖树的做法，他已经感受到种植户心中的满意和感激，这是史进洪想看到的结果。今后种植户会越来越多，卖树的次数、涉及的农户也会越来越多。村上必须形成一个长效实用的公平公正机制，让每一户种植户都得到平等的卖树机会，而不能像卖兰草那样各行其事，更不能出现像史天兴、史元凯争抢客户那样的现象。还有，包产到户这么多年来，集体要办一点公益事业，拿不出一分钱，只能想想而已。如何在带动农民致富的同时壮大集体经济，也是史进洪必须考虑的问题。

眼看离陈培光来运树的日子越来越近了，卖树的规矩还没建立起来，史进洪有些着急。他忙完其他的事，马上组织村"两委"成员、各社社长、党员、种植户代表开会，专门研究卖树的问题。

史进洪开门见山，直奔主题："我们代家村的苗木产业，必须拧绳发展，抱团发展，坚决不走'狗咬脚，各顾各'的路子。在卖树的问题上，不能各自为政，不能谁联系到买家，就卖谁的树。那样，就违背了我们共同致富的初心，也违背了我当初动员大伙儿栽树的初心。我们代家村太穷了，我们发展苗木种植，就是要让每一家种植户都能卖得掉，都能有饭吃，都能有钱赚。就是说，要富一起富，要赚一起赚。现在，我们村的苗木已经发展到两万多株，近200亩，60多家种植户。我们已经看到，从第一次卖树后，在村花木协会的组织协调下，种植户对于自家栽下的树苗管理更上心了，还有一些群众问我今年还栽不栽树。我已经隐隐约约感觉到，以前是我们动员群众栽树，现在他们有了新的认知，有了主动栽树的意愿。我们村的林木面积，今后会一年比一年扩大。今后卖树的频率也会更高。为此，今天我们就对卖树和增加集体经济召开一个专题会，我们要形成一个制度，创新一种管理体制，要写进我们的村规民约里面。下面大家就提出各自的看法、意见和建议吧。"

还是周道容先发言，他用手往后抹了一下头发，说："我认为上一次卖树的办法就非常好，书记栽的树能卖掉，小老百姓孙希华栽的树也能卖掉。那个按栽树数量多少的比例来安排分摊卖树，让种植户心里踏实，不用担心栽下去的树卖不出去。当初动员大家栽树，就是要让大家共同致富，可过去好多年，这个好传统快给丢没了，社会上形成了一个'谁有能力有关系谁就挣钱'的风气，但是我们史书记、我们代家村把它找回来了。我赞同史书记说的那句话，我们就是要共同富裕，让家家都能当老板。"

周道容以前那种忍不住的、有话就要说出来的性格一直没改变。不过，以前总是与领导对着干，现在，对村上的每一项工作，都是积极支持。周道容思想上的逆转，其实就是代家村一次蝶变的体现。

周道容的发言，得到参会人员一致赞同，还赢得了掌声。大家都认为这样分配卖树很公道，让村里没有人脉关系、不会跑营销的老实农户，不用焦愁自己地里的树卖不出去，解决了他们的后顾之忧。

村主任史学松说："按种植户种树的数量多少来均分卖树的数量，这是一个行之有效的方法，大家都没有意见。我认为，我们村以后就可以按照这个模式走下去。"

向来少言寡语的村老协成员、种植户史元法突然插话："村干部无偿地为种植户跑销路，不说别的，电话费都花得不少，我们不能让村干部既流汗又吃亏，我看，我们种植户会员们应该交一些钱给花木协会，作为村干部的劳务补助。"

"这个建议好，我赞同！"

"我支持！"

史进洪被种植户们的淳朴所感动，但这钱，村干部不能要。他马上表态说："村干部不能与民争利，但为了全村产业和村集体经济的持续发展，花木协会可以提取一定的服务费，用于正常运行开支，但比例一定要低，并且必须附加条件，确保种植户的利益。"

史学松说："村民们在自己获利赚钱的同时，如何让集体创收，这是一个值得讨论一下的问题，先前，史书记也提到如何壮大集体经济。"

有村干部接过话茬："是啊，今后外地客商来的人会慢慢多起来，集体没有钱，还不说人家远道而来，有时还需要招待人家客商吃饭，买茶叶都要村干部自己掏腰包。这跟我们一个家庭一样，家里来客人了，没有钱，拿啥子招待？还有，村上需要办个啥活动，改善环境，帮助村民解决急事难事，没钱咋个办？村集体有钱，大家就会跟着转，手里没把米，连鸡都逗不拢，这就是凝聚力问题。我认为，集体收入应该跟我们卖树挂起钩来。"

"怎么挂钩？"

"卖一次树，每户提成100元。如何？"

"不行不行。比如上一次，总共才卖那么100多株，卖几株的，交100元，人家腰包里头还剩几个？"

"要不就按百分比提成，卖100元的树提几元？"

"呃，这个办法好，卖得多提得多，卖得少提得也少。要得，我赞同。"

"提多少合适呢？"

"1元、2元还是5元、6元？"

"提多不好，只能是象征性地提取，不能让种树农户有压力，不能增加老百姓的负担。"

"那就提2%吧。大家看行不？"老村支书依照自己的经验，提出了建议。

老支书提出这个建议，得到了大家的认同。

经过讨论，大家初步同意了"每年按会员销售额的2%提取服务费作为集体收入"的提议，"提取的经费只能用于村集体，任何个人不能占用"，当即把这些条款写入了花木协会的章程。

史进洪见两个问题都讨论出了结果，便对这次会议做出了总结："感谢大家对我第一次提出的按栽树比例卖树的办法的认可，我也认为，这个办法可以一直在我们代家村实行下去。我们不能在商家找上门来时，东家去拦截商家，要求人家买他家的，西家也去拦截商家，要求人家买他的，这样肯定会造成相互杀价，既影响安定团结，又不利于抱团发展。我们代家村卖树，就要卖得开心，就要大家都赚到钱，共同富裕。我想我们代家村这个独创的深得民心的销售方法就叫等比定销法。花木协会实行统一定价、统管统销，与种植总量等比销售。具体说来，就是根据买家的需求和所购花木品种的购买数量占全村的种植棵数总量，确定每个会员的销售比例。比如：客户需求500株黄葛树，全村种植黄葛树5000棵，货物数则占全村种植数的1/10，专合社就按会员种植数的1/10分配销售额，若会员甲家中种了20棵黄葛树就提供2棵，以此类推。这样，农户坐在家中就可卖花木，个个当老板，户户有钱赚，做到公平公正。同时，作为花木协会的骨干，村'两委'一班人还为会员积极跑市场、找销路、扩大产品销量。"

史进洪将目光在会场扫视了一遍，见大家听得聚精会神，说话的嗓门更高了："这个销售法，在座的各位应该都理解了，但更多的村民还不大明白，下去后大家要多向群众宣传讲解，让他们放心种树，销售面前人人平等，一视同仁，任何村干部都没有特殊。另外，关于集体收入，老支书提出提取2%的建议，也得到大家一致认可，我也赞同，就叫'定额提成'。这钱我们村"两委"任何人不得私自支配，只能用于村上集体公益开支，也就是坚持'取之于民，用之于民'的原则。我想，这笔钱就由村花卉合作社来管理，做到收支有监管，杜绝腐败的事情发生。在卖树的价钱上，我们有可能比外面的要低一些，这是因为我们没有区位优势，不过我们有土地优势，我们自己的土地成本低，流转费才两三百元一亩，而成都周边的土地，比如郫县，他们苗木公司的土地流转金都要上千元。所以，我们让利于商家，并不吃亏，反而会帮我们打开销路。"

这次会议开得十分成功，对这个小山村，无疑具有重大的历史意义。会后，村民们立刻分享了党员和村民代表在会场里获得的兴奋。这兴奋像6月的山风，迅速散开，飘进山弯、林地，飘进田间、院落，飘进饭桌、床头……一位老党员说："我的高兴抵得上第一次包产到户！"

2006年，全村的苗木卖出了60余万元，平均每个种植户增收3000余元。当年，花木协会提取了服务费13000多元，代家村集体经济终于实现了"零"的突破。

3. "蝶变效应"

2007年春天，代家村迎来的第二单生意，按照等比定销法，很快换算出来，落实到各种树农户头上。

各家要卖的树，都由各自负责挖。为避免一些农户不懂规格，把不符规格的树挖掉，史进洪特意同村主任史学松、村文书史天全，还有周道容、史进勇等几个人，对所有卖树农户林地符合规格的树，用红油漆做了标记，以免误挖。

挖树时，有些农户自家劳动力不够的，就给工钱请人挖。

史进洪栽得多，按照等比定销法，卖得也多。不过，他让出了几十株分给几户栽树的贫困户，让他们多卖一点，多一点收入。

史进洪要忙村里的事，父亲有哮喘，妻子一个人肯定忙不过来，他也请了几个人挖。帮史进洪家挖树的人是原韩家村的。

原韩家村与代家村是邻居，比代家村的山更高，交通更不方便，人也更穷。村里人大多跑外面去打工挣钱去了，撂荒地很多。史进洪去原韩家村流转了几十亩荒地栽树，他管不过来，就在原韩家村请了当地的农民刘文先帮他管理树木，负责除草、修枝、施肥、排水。记得周道容曾问过史进洪，为啥不在本村租土地栽树，代家村当时外出打工的人也多，也有不少撂荒地。

史进洪说："我们代家村农户的地，我要留给农户自己经营，让他们家家有苗木、户户有钱赚。实话跟你说，老周，有几个老板见我们村的土地便宜，要来圈地流转，都被我拒绝了。"

听了这话，周道容对史进洪更加佩服，心里暗自庆幸，代家村选对了当家人。

史进洪到各卖树农户林地巡视了一圈，叮嘱一些注意事项。比如，多余的枝丫要修剪掉才便于运输；挖树时要注意把树兜的土放宽一点，免得伤了树根，别人运去绿化容易成活，等等。

史进洪回到自家地里，原韩家村请来的几个人正在奋力地挖着，额头沁出黄豆大的汗珠。他的父亲在一旁帮着修剪放在地上的树的枝丫。

史进洪掏出一盒烟，递给几个挖树的人，他自己却没抽。他已经戒烟了。

前不久去川农大参加林木专业知识学习时，讲课老师说：不管你是村支书、村主任还是乡镇干部，进了学校就是学生，就不允许在教室里抽烟。史进洪烟瘾来了，只有在教室里硬憋着，不知往肚里吞咽了多少口水。半个月的学习，史进洪原来一天抽两包的烟瘾给彻底戒掉了。

今天，他除了给请来帮工的人一人发了一包烟以外，自己包里还是揣了两包烟。发过烟后，他说："歇会儿，挖树这活儿太累人。"

几个人便放下锄头，坐在锄把上，双腿一曲，抽起烟来。烟雾缭绕，安静燃烧。一时间，林地里像有一个小烟囱一样，青烟袅袅升上树梢。几个人都60岁左右，是留守家中的老人了。

刘文先对代家村的"等比定销"很不理解，问史进洪："史书记，我觉得你有些傻，听说卖树是你联系的，你为啥让出来给大家都卖？你自家地里这么多树都还没卖动。"

史进洪一听就笑了，说："老刘，话不是你这么说。每个人有每个人的理想和追求。我的理想就是带领代家村人都过上好日子，而不是我一家人过上好日子。"

"要是我们原韩家村有你当书记就好了，我们也可以发展自己的产业赚钱。"

"我们就只有看到他们代家村人发财，偷偷在一边眼红。"另外两个人说。（如今，原韩家村已经合并到代家村了，史进洪正带领他们发展兰花茶产业。不知这两个人还记得当时说过的话不？也不知他们现在有多开心？）

第二次卖树后，可以说代家村的黄葛树在业界有了知名度。没几天，一辆小货车开到村委会。这天，史进洪不在办公室，由村主任史学松接待。刚开始，史学松满怀热情，一交谈，史学松的热情几乎降到了零度。

对方说，只买5棵黄葛树，绿化一个小型文化广场。

史学松让客户喝茶，自己出去一下。走出接待室，史学松给史进洪打了个电话，告知今天来的客户只买5棵树，问卖不卖。

史进洪说："来者都是客，卖多卖少都是我们的客户。人家远道而来，是信任我们，我们都要一视同仁热情接待，就是买一棵树，我们也卖。"

其实，史学松也知道来者都是客，人家要买，只要地里有，肯定卖，客户不能得罪。他是想到一个问题：这5棵树，到时怎么分配给农户？他把这个问题说给了史进洪。

对于史进洪来说，这也是一个新问题。

史进洪沉思了一下，说："先分给就近的5户种植户吧。这次没卖树的，下次轮流卖。今后农户发展多了，这种事情就成常态了。"

史学松带客户去装树，客户见只有一棵树，很不理解，问史学松："我买5棵树，干嘛才挖了一棵？"

史学松说："这是一户的，还有4棵在其他4户农户的地里，我们挨次去装。"

客户生气了，说："明明一块地就能挖够，你们这样做，是不是嫌我买得少，故意要我哟？"

史学松忙给客户解释，介绍村里的"等比定销"的销售机制，说明村里每一次卖树都是按这个规定执行的。

客户的气一下子全消了，还翘起大拇指夸赞这个办法好，说他走过很多地方，代家村给他的印象很特别，说不定以后还会再来。

这个客户叫彭剑锋，也是宜宾长宁人，他是从陈培光口中知道代家村有黄葛树的。他也是专门做绿化生意的商人。

果然，时隔不久，彭剑锋第二次来到代家村，这次给代家村带来了大惊喜。他不只一个人来，还带来了成都的一个姓黄的经理。黄经理很胖，嘴巴看上去比一般人的要大。还没等彭剑锋介绍，黄经理就主动问："你们的黄葛树咋卖？我是来联系买树的，合作得好，可以长期合作。"说完后，才留给彭剑锋做介绍的机会。

从彭剑锋的介绍中，史进洪才知道黄经理代表成都高星园林绿化公司来买树的。

史进洪说了价钱，黄经理一听，比成都低，能节约好几万，很满意，说："我要1000株黄葛树，2500株小叶榕。"

听到"小叶榕"，史进洪愣了一下，因为自己村里没种小叶榕。但是到手的生意不能让它飞了，也答应了下来。他脑子里有了解决小叶榕的办法。

等这两个客人走后，村主任担心地问史进洪："我们村没有小叶榕，你也答应了，怎么给人家交货？"

史进洪说："我们要留住客户资源，不能拱手让给别个。我们按黄经理给出的价钱，去给他买回来也不会亏本，只不过多跑点路。"

"我们还不知道哪里有小叶榕啊。"

"我知道，我们宜宾李庄有。"

史进洪很快联系上宜宾李庄那家苗木公司，按标准买了2500棵小叶榕，一并运了3车到成都华阳银翔小区，交到黄经理手中。

这是代家村苗木第一次走出宜宾，打入成都的绿化市场。

这一单生意，让代家村种植户颇感自豪，又一批犹豫不决的农户，下定了跟着史进洪走花卉苗木之路的决心。

2007年、2008年和2009年，是代家村花卉苗木飞速发展的几年。许多在外打工的村民回来过年，在被自己撂荒多年的地里栽上了苗木。因为要三年后才能卖钱，他们大多就让家里年迈的父母帮着管理一下，继续飞出去打工挣钱。他们心里，已经默默地期盼着树木长大的那一天。到时，他们就不用外出奔波了。有些人，干脆不外出了，就在近处找点事做，顺带管理苗木。

史进洪预感到代家村的产业发展势头就像地里苗壮生长的绿树苗一样势不可当。2009年6月，他和村班子成员进一步调整思路，将"代家村花木协会"进行升级，注册了"珙县群兴花木专业合作社"，由史进洪担任法人代表。

这时的代家村，苗木种植已达到1000亩，一直没种苗木的2社有部分农户经不住诱惑，也栽上了。这时的苗木种植已经覆盖了代家村5个社，但还有近一半的农户没有参与。花木专业合作社培育了自己的技术骨干，让他们学会扦插、高枝嫁接等林木园艺技术。技术员负责对全村种植户进行培训，还负责在原来流转的几十亩地里培育苗子，为村里大大地节约了买苗木的成本。同时，通过专业合作社，搞活流通渠道，拓展对外销售市场，逐步扩大绿化工程市场，大力调整花木品种的结构，在稳定发展黄葛树主打产品的基础上增加花木品种。苗木品种除黄葛树外，新发展了香港紫荆、红叶石楠、紫薇、桂树等多种花卉苗木。

村里的苗木一车一车运出，重庆、宜宾、成都、德阳……四处开花，"蝶变效应"让一把一把钞票流进代家村。先栽苗木的农户都赚到钱了，成万元户了，他们不安于土坯房、青瓦房、茅草屋了，开始建起了小洋房。村里一些观望的人眼红了，主动找村"两委"，找史进洪，说要栽树。这正是史进洪想要看到的结果。

2010年，汶川大地震烟尘散尽，灾区涅槃重生，重建如火如荼。德阳绵竹市复兴镇的一单苗木生意飞到了代家村，价值70多万元，这是代家村有史以来卖得最多的一次。真可谓，机遇青睐有准备的人。

买过代家村苗木的陈老板始终没有忘记代家村，经他介绍，成都高星分公司的一位姓肖的经理一行人来村里买树。本来，他们要买小叶榕，代家村没有，史进洪带他们去几个基地看了村上的黄葛树。肖经理边看边点头，觉得树冠造型修正得好，临时改变了买小叶榕的初衷，决定就买代家村的黄葛树，要求规格直径也不高，7厘米，价格也合理，每株90元。这个规格，让后栽树的农户能提前卖成钱。

价钱谈好后，合作社的会计便按等比定销法分到各户。农户各自挖树，由合作社统一安排车子送往绵竹。绵竹复兴镇是徐州帮助灾后重建的，要修建"徐州大道"，全长4公里，路两边全部栽黄葛树来绿化。史进洪把村里党员史元凯带上，既押车送货，又负责资金监管。连续跑了20多天，才把树送完。虽然辛苦，但他想到每一天都能给村里增加几万元的收入，也十分开心。

4．回家种树

2007年夏天，史进勇突然辞职，回家种植苗木，搞林下养殖，这成为代家村的一则爆炸性新闻，许多人不解，包括他的父母。

史进勇是代家村村小学校代课教师。教师职位，谁都羡慕。尽管代课教师工资不高，但毕竟是一个体面的工作，每个月都有工资拿不说，还不吹风、不淋雨、不晒太阳，哪一点不好？他居然要回家种树搞林下养殖。

史进勇有他的一肚子苦水和难言之隐，村里人是不知道的。

他走出学校大门后的1988年，就开始在村小学代课，直到2008年，整整代了20年。在这20年里，他看着自己教过的学生一天天长大，然后背着蛇皮袋从代家村那一条唯一通往村外的烂泥路上走出村，去异乡打工。有的几年回来一次，有的好多年不见踪影。他希望他们长大后能够为改变代家村一穷二白的面貌出点力，而他们，喝着代家村的山泉水，啃着代家村的苞谷棒子长大，却去了远方，去为他乡作贡献，这让史进勇心里无比难受。

当然，这也不能怪他们，谁叫代家村这么穷呢？他们都是被现实生活所逼。这些外出打工的人，背井离乡，还不是为了自己过得好一点，为了让家人过得好一点。

回想起20年的代课生涯，史进勇深感惭愧。当初，他也有一颗热血澎湃的心，想通过自己学到的文化知识，为代家村做一点事，让家人过好一点。但是，每个月微薄的代课工资，不抠紧一点，连一家人的日常生活费都支撑不了。这让他的热血渐渐变凉，一晃就20年了。

在史进洪当上村支书后，他从史进洪身上看到了代家村的希望。史进勇的热血又开始沸腾起来。史进洪动员第一批村民栽树时，他就想跟着干，但没做通母亲的思想工作。第二年，史进洪与他一起去做他父母的思想工作，终于做通了。史进勇在自家4亩地里栽下第一批黄葛树。

2007年，他栽的树第一次卖钱了。拿着厚厚的一沓钞票，史进勇既感动又感慨，眼角居然潮湿起来。到2008年又卖了两次。几次卖树的钱，比他20年代课的全部工资还多。于是，史进勇下定决心，辞去了代课教师的职务。他要用后半生的时间，让年迈的父母过上幸福生活。

2008年，代家村又在发展香港紫荆、紫薇、红叶石楠、桂树。这几种苗木没有黄葛树长得快，但价值比黄葛树高，栽种密度也大，不占地盘。史进勇这时家里已经不愁没钱买粮了，他跟父母一说，父母也不固执了，立即答应栽种。刚栽下，史进勇还担心自己没有技术，没想到，史进洪除了请外地技术人员到村里开展技术培训，史进洪自己也对苗木种植很在行，不懂的，史进勇就去问他。史进洪说："我是珙县群兴花木专业合作社的牵头人，开展技术服务，是合作社的分内事，有事随时来找我。"

2020年3月，采访史进勇时，他这样告诉我：能够让他下定决心辞职回家种植苗木，最重要的一点，是他看到村里制定的等比定销法。他说，这个机制让他觉得栽树没有风险，它保证了全村农户的收入，不会出现因为谁社交广就多卖、没社交的老实人就卖不出去的现象。当然，这个机制绝不是养懒人，里面藏着竞争，这就是各家各户必须种养好各家的树，树种不好，分给你指标，你拿不出符合标准的树，买方也不会要，你赚钱的机会就丧失了。

他还说，他心里特别佩服这届村干部，史进洪他们制定的这个等比定销法，是一个伟大的发明，是代家村走上共同富裕的关键环节，是总开关，是金钥匙。他说："依我看，我们村的等比定销法，就是我们国家社会主义制度的具体体现，就是我们共产党的初心。共产党不是只让少数人富起来，而是要让大家都富裕起来，让中国没有穷人。"史进勇越说越激动，背起了白居易的诗句："'安得万里裘，盖裹周四垠，稳暖皆如我，天下无寒人。'我们共产党人的情怀，难道还不如古人白居易？"

史进勇1998年就入了党，还当过村里的团支部书记。

史进勇不再代课后，就在房前新建了几间猪圈，搞小型养殖。他在苗木地里间种一些苞谷喂猪，再买一些饲料，一次能养20多头，一年下来，养猪加卖树的收入两万多元。他说，这笔钱，颠覆了他代课时对工资收入的想象。

搞点养殖业，每天去苗木地里转转，修一下枝，除一下草，史进勇觉得这样的生活悠闲、舒适、自在，不愁吃穿、不愁钱花，是他人生中最幸福的慢时光。

作为党员，他看到邻居史元良家里过得贫困，上有两个老人，下有3个儿子正吃长饭。村上发展栽树，史元良怕一大家子没粮吃，一直到2008年都没栽树。

史进勇一直牵挂他，终于忍不住上门去动员他。到底是当老师的，言语亲和，句句入心，他说："这么好的赚钱机会，你一次次错过，你看村里那些栽了树的农户，哪家不是万元户？你都50多岁了，你看你种了几十年的粮食，每年还不是连粮食都不够吃？你放心种树，头三年没卖树，缺粮找我。"

史进勇这两年靠种树过得丰衣足食了，史元良是亲眼所见的。

其实，史元良看到村里人卖树也眼红，就是怕种了树饿肚子，毕竟老老小小六七张嘴，一开口几斤粮食就没了，是史进勇一句"缺粮找我"让他放了心，动了心。

史元良说："真的吗？我们家没有余粮，我的地栽了树，肯定缺粮，你愿意借给我？"

"我说了的，缺粮找我。你就放心去栽。"史进勇说。

史元良是个老实木讷的人，除了会种庄稼，其他什么都不会。苗木栽下去了，不懂管理。施肥、除草、修枝、灭虫，都要史进勇去提醒，不会的，就手把手地教。

史元良家人多，田地多，林地也多，种的苗木也多。有一次苗木卖了20多万元。

史进勇主动帮扶贫困户的行为，史进洪在一次党员会上专门提出来进行了表扬。说史进勇为代家村以后的扶贫之路，做出了很好的示范。

史进勇希望代家村的年轻人留下来，参加村里的建设发展。史进洪何尝不是。现在代家村参与苗木种植的农户，基本上都是中老年人。年轻人依然在外打工，他们不愿意与泥土打交道，不愿意当"老土"。

史进洪想劝回一两个有能力的年轻人回村投资种树，为村里年轻人起一个示范引领作用。他说："一个村子的发展，不能缺少青春活力，不能少了年轻人的舞台。"

史进洪把村里在外发展得不错的年轻人在脑海里过滤了一遍，觉得史进松不错，他现在宜宾天一公司上班，负责宜宾市的筠连、珙县、高县等片区监控安装和维修，年收入也可观，近百万。

史进松小时候家里很穷，小学最后一学期时，父亲母亲就一起去浙江打工了，想多挣点钱供他多读点书。可这让他成了代家村又一个留守儿童。

史进松的初中高中都是跟随父母在浙江嘉兴读的，他看到父母每天打工辛苦，高中没毕业就没心思读了，想打工挣钱。但一个中学生，不够打工年龄，工厂不敢收，他只有帮父母煮饭。后来父亲的朋友介绍他到一家管桩厂开衡车，干了两年。这个工作很危险，他自己对计算机又很感兴趣，正好遇到一家网络监控公司招学员，史学松就去学习监控安装技术，然后成为了一名网络监控专业技术人员。本来在那边发展很好的，他父亲前两年回村，村里正发展栽第二批黄葛树，于是决定把自家的3亩多地栽上。一次下雨，不小心摔了一跤。这一跤摔得很厉害，是乡邻们帮忙送医院，救了父亲的命。史进松打心眼里感谢家乡的父老乡亲们。他决定不在浙江待了，想回到四川家乡工作，顺带照顾父母。一联系，宜宾天一公司正需要他这样的人才，不久，史进松成为宜宾天一公司网络监控安装和维修的负责人。

史进洪找到史进松，跟他聊，让他回村投资一些花卉苗木种植，给村里年轻人起个表率和带动作用。史进松看到村里这些年，种树真真实实带动农户赚到了钱，按等比定销法卖树也很公平公正，农户只管放心种，不用担心卖。父亲先前栽的那3亩黄葛树也卖到钱了。他立马就答应了，把自家的十多亩地全部种上了香港紫荆、紫薇、桂树、红叶石楠。

家里种上这些苗木后，史进松回村的时间就多起来，村里一些在外的年轻人听说后，春节回家在村子里四处一走动，见大大小小七八个产业园区苗木葱茏，先栽树的农户修建的楼房粉白亮眼，动心了。有不少年轻人像史进松一样，找到村花木合作社，把自家的地栽上了树，然后留下来管理。

从2009年到2012年，代家村每年都会新增几百亩的苗木地。这几年也把史进洪和村组干部累坏了。村里苗木发展都按片区来规划栽种面积和品种，做到科学有序发展。每次种树，都由村干部统一放线，由花木专业合作社指导安排，统一组织40余名村里剩余劳动力栽植，保证质量和成活率，也为愿意种树的在外务工人员和没有劳动能力的农户解决了难题。

这个阶段栽树，根本不用村里党员干部动员，大家都争先恐后，积极性高涨。还有的村民因为暂时没有规划到他们的地，还到村上找史进洪问："我们家算不算代家村人？"

这时的史进洪，反倒要劝农户："你不要急嘛，下一次就规划到你们那边去了。我们村的最终发展目标，就是家家都种上苗木，户户都赚到钱，一户也不会落下。"

5．50万元的风波

　　2012年夏季，代家村又传出一个天大喜讯：上级部门给代家村拨来50万元产业"整村推进"专用扶持资金。这个消息，让村"两委"班子兴奋不已，也让全村群众兴奋不已。

　　一时间，代家村山含情水含笑，洋溢在人们脸上的是过年过节才有的洋洋喜气。

　　这天，史进洪与村"两委"几个成员正在办公室研讨50万元用于整村推进的具体落实方案，外面吵吵嚷嚷走来一群人围住办公室，领头的是史学钱（化名）。

　　史进洪以为他们之间发生了啥民事纠纷，来找村上调解。他想先喊老协秘书长周道容给他们调解，调解不好再由村"两委"给予调解。却听史学钱说："上面给我们村上拨了50万元，你们为啥扣留着？这50万是政府给我们村的，人人有份，应该拿出来分给我们老百姓。"

　　史学钱一说，其他人也跟着吆喝。

史进洪一听，明白了，他们是想来瓜分上级给的整村推进资金。看来，自己在广播会上的宣传，这些人没理解。

史进洪又解释了一遍："这笔钱，是因为我们村发展苗木产业，引起了上级部门的重视，觉得我们全村都应该走这条产业路，才拨给我们，用来鼓励我们推进全村的苗木产业发展，是用来给村民'造血'的，不是用来济贫，更不是发给大家拿去喝酒吃肉的。你们有地还没种植的，都可以享受这笔项目款。"

"不行。我的地要种粮食，不想种树。我只要分到我们家的那一份现钱。"史学钱说得有点蛮横。

那一群人也跟着起哄，嘟嘟囔囔："要分现钱，不分钱就是你们村上干部想私吞，想从中贪污。"

史进洪一听生气了，说："我们不调整产业结构，党员干部不带动大家种树，就引不起上级领导的关注和重视，就不会给我们村50万。按照这个道理，要分，这50万首先应该分给先栽黄葛树的那些农户和我们党员干部。你们有什么资格谈分钱！"

想想也对呀，史学钱和其他人无言以对，一下子蔫了下去，各自悄悄地离去。

经史学钱和他带来的一群人一闹腾，表露了群众对50万元钱走向的关注，史进洪与村班子成员商定，这笔钱一定要体现专款专用，着重用于1社、2社的花木产业连片开发，3、4、5社还没栽种的农户，这一次全部发放苗木，都种上，实行满栽满插。

这一次，村"两委"班子和花木专业合作社技术骨干们在规划上很费了些脑筋。史进洪提出要求：不仅产业要有规模，还要为村子今后走旅游观光之路打下基础，对各社的规划，要各有亮点，各有特色，做到社社可观光，四季有看点。

在村委会议室开会研讨了几次，最后决定：1、2社整体规划栽种紫薇，让村子在7、8、9月有花看；3社和5社，地理位置处在进村路口，更是村子的招牌和门面，要保证外地人在腊月、正月、2月这几个最为萧瑟的月份，一到村口就能看到美丽风景，留下一个好的第一印象，于是决定沿途种植红叶石楠；4月、5月，黄葛树园区绿意盎然，是最自然的风景，不用考虑。

按照这个布局，那50万元整村推进款，几乎全部用在这几个方面的苗木购买和栽种上了。

这样的规划也有一个弊端，就是对于先栽种苗木的农户似乎有些不公，他们享受不到这笔钱，会不会像史学钱那样来村上闹事？经过史学钱的一番闹腾，让史进洪考虑得更为深远了。

为避免引起群体性事件，史进洪暂时没把这个规划公布出去。他需要先摸清先种植苗木农户的心思，然后让全村党员干部向他们做好解释和安抚工作。

这个"摸底"任务自然而然落实到村里很有名望的老年协会会长周道容的肩上。周道容当即就向史进洪表态："史书记，这个工作我知道怎么做，你放心。"

这时的周道容已经当上村老年协会的会长，他是做群众工作的老手，帮村里化解了许多家庭矛盾，史进洪当然放心。

这次，周道容之所以满怀信心，就是因为他以前常为村民们说话，敢为村民们说话，在群众心目中享有很高的威望，大家都信任他。

晚上，周道容躺在床上不能入睡，他想：村上的规划和资金的运用到底合理不？这笔50万资金，是拨给村里用于苗木产业发展，用于整村推进。村上正是按照这个方向在执行，肯定没有原则性问题。但是先栽树的农户分享不到这50万元钱，他们心里会咋个想呢？会不会真像史学钱那样，有希望平分的心态呢？这种心态肯定会有，不然，史书记就不会让自己先去摸底做思想工作了。那么，怎样来消除他们的这种心态？

周道容一拍脑袋，瞬间找到着力点了。村上先栽树的农户，不是都靠卖树赚到钱了吗？差不多都住进新房了，他们的钱是咋个得来的？是史进洪和党员干部带动大家发展苗木产业，还帮大家把苗木卖出去，把钱赚到手的。现在村里栽树的农户都富裕了，那些没栽树的，还在为填饱肚子而面朝黄土背朝天。先富的该不该把这笔钱拿来帮助没栽苗木的？周道容想，他这么一说，肯定能说服心里想不通的农户。

党员干部的觉悟高，自然不用周道容去做工作。他只去普通群众家里走访。出乎他的意料，那些农户跟着村干部种树卖树赚到钱了，觉悟也提高了，根本不计较这些，都认为，村上怎样安排都行，都支持。周道容想了半晚上的理由，只在两三户农户身上用上，工作最终都做通了。

　　周道容把这个喜讯告诉史进洪，让史进洪很是欣慰。这说明了什么？村"两委"班子给老百姓找到了赚钱的路子，群众富了，村班子的威信就高了。同时，老百姓的思想素质也随着生活水平的提高而发生了变化，物质富有带来了精神富有。

　　这一年，代家村几乎所有的空闲地、荒山地都栽上了苗木，花卉苗木占耕地面积91%。1社、2社种了1000亩紫薇，村上还买回10000株红叶石楠，主要分发给3社、4社、5社，种植在公路沿线。全村总共增加丹桂、紫薇1870亩，发展新品种油茶1000亩。代家村成了名副其实的花园村。

6. 一户不能少

史进洪发现一个问题：在代家村发展苗木产业进程中，越是贫困的农户，胆儿越小，越怕冒风险。

代家村的产业发展和销售机制一步步臻于完善，对于这些家庭来说，不存在任何风险可冒。于是，史进洪把原来的"党员干部示范引领，带动全村苗木发展"宗旨，转向为"全村党员干部帮助困难群众发展苗木产业"。

史进洪说："我们代家村依托苗木产业，大部分农户摆脱了贫困，走上富裕，对于少部分贫困户，我们要利用我们的苗木产业，扶他们一把……"

3社的汪景群家就是这样的一户贫困户。不，应该是全村最贫困的一户。

汪景群家有7口人，她、丈夫、儿子、儿媳、3个孙子。3个孙子分别在读小学和中学。汪景群丈夫患耳后带状疮，还有肺气肿、囊肿、胆结石、冠心病。这么多顽疾被她老公一人得了，听着就吓人。家里没多余钱，只在小医院做过一次手术，手术不算成功，留下后遗症。不过还好，把命救回来了，但干不了农活，每个月的药费还得400到500元。家里就儿子一个人在外打工挣钱。儿子啥都做，最早在修车，后来到浙江打工，听说青海修公路工钱高，又去了青海。家中里外的活就由汪景群和儿媳两个女人承担。汪景群还要照顾疾病缠身的丈夫，丈夫隔两天要做一次雾化治疗，儿媳妇还要照顾3个上学的娃娃。

两个女人除了种粮食供一家人吃饭，一年还要喂养四五头肥猪，为家里增加经济收入。家里的粮食最多够吃，喂猪的饲料都是去赊，等卖了肥猪立马就去把钱付了，第二年才好又去赊账。这样算下来，也赚钱不多。运气好赚四五千，不好就是两三千。如果得猪瘟，死了，就全亏本了。

一家人的日子，就这样往下撑着过。过得有多沉重，可想而知。

第二年栽树，史进洪想让周道容去动员，汪景群没答应，她怕栽了树没粮吃，还怕卖不掉。史进洪也去做思想工作，她还是没答应。别人家栽树，家里多少有点余粮和余款，而她家呢？啥都没有。

几年后，村里的黄葛树一车一车运出去卖成钱了，汪景群家还是没栽树。史进洪有点着急了。一个下雨天，村里人都窝在家里，史进洪穿着雨衣，把老协会长周道容约到一起，带着礼品去慰问汪景群老公，顺带动员她家把树种上。

走进屋，史进洪看着就心酸。房子还是木头房，墙被柴烟熏成了暗黑色，由于没有及时翻修，屋顶漏雨，滴在墙角装玉米的蛇皮袋上和用来接漏的塑胶盆里，"滴答滴答"响。

汪景群不好意思地笑笑："今天这雨下得太大了。这么大的雨，你们咋来了呢？"

周道容说："史书记就是想来看看你们家下雨天的房子，看有没有危险。"

史进洪说："汪大姐，这雨要是持续下两天，你们家这房子可能就要成危房了，你要注意房前屋后的排洪。房顶要翻盖，天晴了找个匠人翻一下瓦。"

汪景群说："我们两个女人家不敢上房子，等我儿子回来再说。请匠人，又得花钱。"

周道容说："哪个要你的钱？等天晴了，我给你安排老协的史学秦过来给你们翻盖一下，不用给工钱。你看你们这房子，到处都在漏雨。"

史进洪说："今年村上规划了红叶石楠、香港紫荆，我给你们计划了苗木，栽苗子都由专合社统一安排，你们不用操心，只需要按照专合社要求进行管理就是了。苗子钱村上也给你们免了，卖苗木又不要你们操心，到时只管动动锄头，就数钱。你看村上先栽苗木的农户，现在哪家还住这样破烂的房子？都修新房了。"

其实汪景群这两年看到村里人卖树不用自己操心，也动了种植苗木的心，可就是怕不种粮食了没有吃的。

史进洪看出她的心思，说："栽了树缺粮，你跟我说，或者跟村'两委'任何人说都行，村上替你们家解决。"

史进洪的话，让汪景群热泪盈眶。她家的苗木栽下后，史进洪经常往她家的苗木地里跑，看到该除草了，就上门喊她们除草；该施肥了，就通知她们去施肥；该修枝了，就亲自教她们修剪。

别看女人们会使用剪刀，那是剪布料。对于苗木修枝，学得慢。有时史进洪一教就是半天，直到看着她们修剪得合格了才离去。

对于汪景群家的苗木地，史进洪比去自家地的时间还多。有一次，汪景群家的树被大风刮倒了几棵，都是他先发现，然后立即去通知她们把树扶正，把树兜压实。她家树叶有了病虫害，也是史进洪先发现，再告诉她们用什么药防治。

汪景群家本来事情就多，见书记这样为她家操劳，很是过意不去。渐渐地，从史进洪那里学会了苗木管理，汪景群和她儿媳就每天都去苗木地查看、管理，才让史进洪放下心来。

第一次卖到钱后，汪景群把家里的山林地全部种上苗木了。

这时村里的产业路已修通到各个园区。

汪景群说："我们只管挖苗木，车子开到地边装，一点都不费事。车子走后，我们只管数钱。"

现在，汪景群的3个孙子，大的21岁，在成都读幼师；老二19岁，在重庆读军校；小的17岁，2020年参加高考。

汪景群说："全靠史书记带领我们种树，我的3个孙子才能把书读下去。他还多次鼓励让我孙儿多读书，说我们农民，只有靠读书才能改变命运。"

史天全是上一届的村主任，史进洪当村支书时，他任村文书。他的邻居史元绕，爱人得糖尿病多年，干不了重活，他又不能外出打工，家里的一儿一女当时都在上学，家庭很困难。2012年整村推进时，村上帮他栽了苗木，但他不懂得管理，苗木长势很差。史天全就去督促他，教他修剪技术。第一次卖树，就挣了1万多元。史元绕说，这是他家第一次有这么多钱。如不按等比定销法，像他家这情况，苗木是很难卖出去的。

史元良，也是史天全的帮扶对象。两口子60好几了，他儿子残疾，一家人非常贫困。2012年，村上帮他家栽上苗木。他年岁大了，不会管理苗木，树长得不如野生树。施肥、除草、修枝都要史天全去教他。他家的地不多，第一次卖了4000多元，已经是种粮食的好几倍了。

村主任史学松帮扶了4家。周道田以前在外面四处打工，因没技术，也没挣到钱，回村时房子也倒塌了，无处安身，手头又没有钱，地里也没有苗木。史学松看在眼里，下大力去帮：帮他争取到房建扶贫款，找来修房匠人帮他把房修好，又帮他选产业。通过村"两委"研究，由村花木合作社给他免费提供红叶石楠、桂花树苗子，栽了3亩。周道田不会管理，就安排他参加村合作社的培训，学会了施肥、修剪。卖树时，村里对贫困户优先考虑。2017年第一次卖紫薇，按等比定销法，史学松该卖40棵，他没卖，全让给周道田了。这一次，村上的几个干部都没卖，都把指标让给了贫困户。史天全该卖150株，史进洪该卖1000株，也一株没卖。党员史元绪也有几十株没卖。还有一部分党员也没卖，自愿让给贫困户卖。有两户贫困户党员也要让卖树指标，村党支部没同意。

老支书史元启，80多岁了，干了30多年村支书，也想不卖，想让给贫困户，村党支部没同意。他家只有他和老伴两个人生活在一起，儿子早逝，女儿外嫁，日子过得不好。这一年，他卖了100多株，挣了4000多元。

村老年协会的周道容会长，是一名退伍军人，可以说是老当益壮，主动帮扶了3户贫困户。

村民吴其富，父母去世早，是个孤儿，十五六岁起就在上罗镇拖蜂窝煤卖。没干过农活，养鸡、养猪、养牛都不会，周道容一样一样教他干。眼看着村里一批一批的苗木栽起来，有的卖成了钱，他家还一直按兵不动，一直穷着。周道容看着心痛，就联系村花木合作社，把他家所有的林地都栽上，日子慢慢地好起来。现在的吴其富日子好过了，儿子女儿都结婚了，他和妻子只管守着苗木享福了。

另一家是吴代军。他老婆多年前在山上砍柴摔下山岩，腿骨断了，因没钱进大医院医治，骨头没接上，不能走路，一直瘫痪在床。他家有一儿一女。吴代军是个石匠，平常打石头挣一些工钱养家。村里发动栽树时，周道容做通吴代军思想工作，带领几个村民去帮他栽。

吴代军只会打石头，不会料理家务，家里弄得一团糟。周道容每次去他家督促苗木管理，看着乱七八糟就不顺眼，动手帮他整理好，问他：这样是不是顺眼多了？吴代军就嘿嘿笑。周道容说，你要学会自己料理家务，娃娃一天一天大了，你要给他们做个好样子。

2015年，吴代军家卖了第一批苗木，挣得1万多元。可惜这一年，他瘫痪在床的妻子去世了。

代家村对贫困户的帮助就不一一道出了，反正村里的党员干部都在行动。2015年党中央提出"精准扶贫"之后，他们硬是下足了"绣花功夫"。2016年，代家村实现了整体脱贫，9户贫困户全部摘帽。

第4卷

土地的潜力

史进洪能在这片被前人开发了数千年的土地上不断挖掘它的潜力，不断发现它的优势，是因为他心中有一个伟大的梦想。

1. 把张教授请进村

通过实施苗木等比定销法、"整村推进"和党员干部帮扶等措施，代家村几乎达到家家有苗木、户户有产业。站在山头放眼一望，以前那些石头地、荒山坡变成了漫山遍野的花卉苗木，微风一吹，阵阵芳香就在村子里窜，沁人心脾，让人陶醉。

种植花卉苗木，比种庄稼轻松很多。村民们平时除了管理苗木，还可以腾出手来干不少其他事。许多农户在林下养殖了鸡鸭鹅，有的间种红苕，加工成粉条，间种玉米，养起良种猪，村子里出现了主业副业齐头并进的良好势头。但也有些年轻人到了冬季就闲得无聊，三五成群，聚在一起"斗地主"、搓麻将。看到村里的这种现象，史进洪心里有一种隐隐的忧患。

从外部情况看，史进洪感到了一种无形的压力。随着花卉苗木种植在代家村风生水起，周边的村也开始跟风，很快就与代家村形成了竞争关系。花卉苗木市场受到某些政策因素的影响，市场开始变小，利润开始变薄。代家村的一些种植户开始失去信心，其中就有1社的杨云彬，因为看到村上连续几笔生意都被其他村撬走了，好几个月都没有获得收入，一气之下，地里的花木都不管了，跑到乐义打工去了。史进洪意识到，发展产业不能在一棵树上吊死，必须掌握市场规律，走多元发展、转型发展的路，让支柱产业精准对接市场，在激烈的市场竞争中站稳脚跟。

又到召开每月一次的村党支部委员会的时间了。史进洪穿上村里统一定做的正装，往村党支部办公室走去。支委会统一着正装，是村班子团队精神面貌的一种呈现，史进洪已经坚持了多年。

代家村党支部是四川省先进基层党组织，"三会一课"执行得十分严格。每月的这一天，全村党员干部必须参加。党建知识"充电"，学习时事政治，讨论村里发展，解决当下存在的问题等，风雨不改期。

这些天，史进洪一直在考虑绿化工程的事情，他决定在今天的会上把自己的想法告诉大家。

史进洪坐在会议室正方，背后的墙壁上，党旗鲜红。史进洪显得特别精神，这是他每次有新的决定要出台时的一种状态。等最后一个空位坐上人，史进洪开始讲话了。他先说了村上的近况，然后提出了他最近酝酿的一个想法："我们代家村从2003年到今年2013年，发展花卉苗木10年，已经达到了饱和状态，我们不能原地踏步。那么，我们下一步该怎样走？要按照习总书记的精准扶贫的要求，让产业精准对接市场，让代家村走上转型发展的路。"

"史书记，你快说具体一点，怎么干？"

"好！不知大家有没有注意到，有些中间商购买了我们代家村的花卉苗木以后，经过园艺造型、艺术加工，产品的利润便翻了数倍。我们为什么不自己做呢？我想成立一个专业团队，外面来买我们的花卉苗木，买回去不是还要请人栽种吗？我们何不一道就把他们的绿化工程拿过来？我们今后要实行卖苗木到卖工程、卖技术、卖艺术一条龙服务，让我们村里剩余劳动力多挣钱，加快壮大村集体经济，这是不是一举多得……"

史进洪补充说："其实，我们村早已在试探着走这条路了。"2007年，县城的塘坝路边绿化，要栽1000多株黄葛树，村上就把卖树、栽树整个的38万元的工程全部拿下。村上组织20余个村民住进工地，十多天时间项目就做完了。2010年，县政府所在地——巡场镇箐林村新村绿化，整个绿化工程29万多元，史进洪也把绿化工程全部拿下，从卖树到栽树一步到位。村民们在农闲时间还能赚外快，干得十分开心。

回顾走过的路，大家对做绿化工程充满信心，会议气氛一下子变得活跃起来。

"这条路比栽树还稳当，风险又小。"

"种地、植树、搞绿化，我们都能干！"

支委会最终确定村里要创办一个绿化公司实现转型发展。

走出会议室，史进洪脚步轻快，因为一条新路在他脚下延伸……

接下来，史进洪带着村主任、村文书注册公司。开始他们以为证件齐全就行了，没想到还要有500万元资金做抵押。村上哪里有这么多资金？但公司必须要注册，哪怕赊账也要注册。凡是对村民、对村集体有益的事，史进洪从来都不退缩。

史进洪四处咨询，终于找到个闯关的办法——通过评估公司把村里苗木估价500万元就可以做抵押了。2012年6月，"珙县代家苗木工程有限公司"成立了，史进洪担任法人代表。

史进洪清楚，苗木绿化工程专业性很强，要参与激烈的市场竞争，没有一支专业的团队不行。村里虽然过去做了些绿化工程，但那都是土法上马，小打小闹，当务之急，是要提升村民的绿化工程专业技能，为对接市场做好充分准备。

怎么入手呢？史进洪挠首拍额，突然想到一个人：四川省林业科学院的张锡久院长，他是教授，史进洪参加培训时听过他的课，何不把他请来给村民授课？想到这里，史进洪笑了。

他专程跑了一趟成都，穿大街，过小巷，在省林科院找到张教授。史进洪把村里的现状和自己的想法一股脑儿地说出来，张教授着实为眼前这位质朴而热烈、看上去浑身是劲的村支书所感动。但张教授手头事情太多，说不定什么时候才能腾出时间，便笑答道："好好，我考虑考虑。"

快20天过去了，没见张院长的动静，史进洪似乎有些明白：我真是犯傻，人家一个省林业科学院的院长、教授，日理万机，你还指望他到你一个偏远的小山村来给农民讲课？而且，成都到珙县小车要跑6个多小时，珙县到代家村还有70公里乡村道路！

史进洪估计这事没什么指望了。

谁知，有一天，史进洪接到张院长的电话，说他第一次开车从成都来到上罗镇，找不到进村的路。这时，史进洪正在地里给黄葛树修枝，一听电话，高兴得跳起来：

"张教授，您原地等着，我马上来接您。"

史进洪一路小跑到了村委会，开上自己的越野车直奔上罗镇。

张院长自己驾车，风尘仆仆地跟着史进洪的车进了村。张院长不愧是有经验、很敬业的林业专家，他一到村里，就对史进洪说："带我去看看你们代家村的苗木地。"

史进洪扶他下车，说："先喝口茶水，休息一下吧！"

"我时间紧。不看看你们的苗木，怎么知道你们存在的问题？空谈理论，不成了纸上谈兵？农户能有收益吗？"看得出，张教授是学术上的一头"犟驴"。

史进洪陪着张教授先到合作社的苗木培育基地，又去看了两处的黄葛树基地和香港紫荆基地。下午讲课，张教授先讲了在村里发现的苗木培植和高枝嫁接中的一些问题，并进行了纠正，接着，对村民还没掌握的一些关键性技术进行了讲解。大家听后，茅塞顿开。此后不久，张教授又来村里讲了两次。这两次，先给村干部和党员们讲，再由村社干部、党员传授给群众。

张教授进村，不仅传授了绿化工程的专业知识，还提升了村民从事绿化工程的信心。

2012年9月，宜宾市委领导到代家村调研指导，看到代家村有这么好的苗木种植基础，还成立了绿化工程公司，有专业的绿化团队，当即给代家村指明了一条路：要踊跃参与市县两级城市绿化市政工程竞标。

参与市政工程，做城市绿化，代家村人过去小试牛刀，现在市上领导鼓励他们大胆去闯，为他们撑腰壮胆，由此可见，代家村走转型发展的方向对了，机会来了！史进洪和村"两委"成员无不感到振奋。

2．业余时间

人的差异产生在业余时间，这是科学家爱因斯坦说过的一句话。

山村早已夜幕四合，山谷里隐隐传来鸡鸣狗吠。代家村村委会二楼的村党支部办公室里，史进洪独对台灯没有倦意，夜，是他的黄金时间。一副桌椅，一把三人沙发，一摞书籍材料高耸在案头。下半夜实在困了就在沙发上打个盹儿，多年来的习惯，一直保持至今。

这时，他看完各种文件和各社上报的民情台账，然后再搬出林科院张院长送的以及从成都书店买的花木种植、绿化工程的书籍和市场调查资料来翻阅，很快一头扎进去，看得如痴如醉。

星起星落，一天又一天……

代家村"开源、转型、多元"发展，精准对接市场的具体思路和措施，一项项浮现在脑海。

经过分析，他认为：代家村虽然地理位置偏僻，运输成本相应有所增加，但是毕竟土地是自己的，土地成本和人工成本比成都等租地请人种植花木的公司都要低，只要不把利润看得过高，以量取胜，那么，在价格上就具有一定的竞争优势。

据此，代家村确定了"少取、放活"的具体办法。"少取"就是对内精打细算，减少种植户开支负担，降低成本；"放活"就是对"回头客"，通过调整价格，让利于买家，让"回头客"成为老顾客。温江区万春镇的张建明、华阳镇的张云太等，就是因为代家村的产品价格相对较低，与他们签订了长期购货合同。

琪县的领导曾说，史进洪的过人之处不在学历——初中毕业生，也不是他有万贯家产的投入——他就一普通农户，而在他为一桩恢宏的事业——共同富裕追求得迷魂夺魄。当他看到转型发展为家家有产业、户户能致富的梦想展示了壮丽的前景，他就像一个被鞭子抽打着的陀螺，全身心地旋转，整日忙得食不甘味，宿不安眠。

那天，史进洪在镇上参加一个会议，听七星村支书聊天，了解到温氏养殖场基本完工，马上要搞绿化了。温氏养殖场赫赫有名，是由琪县政府引进的，在本镇七星村一个山坡上建了一个大型养猪场，占地300亩，仅母猪就养了5700头。

言者无意，听者有心，史进洪马上向七星村支书要了养殖场负责人电话。

史进洪当即拨通负责人杨鹏的电话，介绍了自己和村上的情况，说明意图。杨鹏给了个模棱两可的回答："只要你们的价格合理，可以考虑。"

对方没有一口拒绝，就有合作的希望。

史进洪不舍分秒。回到村里，第二天5点就起床，揣个馒头就往养殖场工地跑，在临时办公室里堵住杨鹏。

杨鹏说："已经有几家绿化公司联系我了，你给我一个让你们做的理由吧。"

史进洪一听，心里踏实起来，他觉得代家村有绝对的优势。他说："首先，我们的苗木就在本镇，运费就节约下来了。另外，我们还有技术优势。我们村从2003年开始种植苗木，栽植、修剪技术可以说村里人人精通，我2006年就到四川农业大学接受过正规培训，我亲自带队来规划，指挥栽种。"

杨鹏一听，似乎动了心，说："你啥时来现场规划一下。如果规划合理，就交给你做。"

三天后，史进洪再次来到现场。杨鹏陪着他在整个场地走了一圈。场地道路已全部硬化，道路两边是修建时挖基础堆积的一些沙土，坑坑洼洼，正等待着锄头和苗木的安抚。史进洪边走边进行口头规划，讲解布局：这里种几棵桂花，那里种几棵黄葛树，路边应该种红叶石楠……杨鹏听得很满意，从史进洪的言谈中，知道他的确很有绿化经验，也很有诚意，还是个热心肠的人。

杨鹏说："你回去做个效果图，把预算也造好。"

晚上，史进洪又一次独对台灯，开始绘图。他没学过电脑制图，只有靠手绘，一笔一画地把图纸绘好。第二天交给专门的广告公司做成电子版，然后打印出来。

一个星期后的周末，他与新任村主任史天全（这时史进洪已经把公司法人代表转交给史天全）赶到七星村养殖场工地。杨鹏看不懂绿化图纸，史进洪就带他到现场，结合图纸进行讲解。

杨鹏听得频频点头。听完后，杨鹏基本上认可了方案。回到办公室，他又提了些意见和建议，让史进洪稍作修改。

合同签订后的一个星期，史进洪组织了十多名村民住进养殖场，由村主任史天全带队，先对那些坑坑洼洼的绿化场地进行平整。有时村主任在村上有事需要处理，史进洪就让妻子杨文聪去带队。自从村里发展苗木，杨文聪就跟着他学修剪、整形、嫁接、移栽等苗木管理技术，成了他的好帮手。

四天后，场地平整完毕，该放线了。这个活，必须史进洪去做，它关系到整个绿化工程的美观和质量。

绿化苗木的栽植是有先后顺序的，得从高到底。

史进洪放了三次线。第一次放线，主要栽黄葛树、紫薇、桂花树。第二次放线，栽植灌木或乔木类的红叶石楠、四季杜鹃、迎宾花等。第三次放线就是用草皮和花卉填补所有空白，是收尾工程。

为了放线，史进洪抽时间往养殖场跑了三次，栽种期间，他还得随时去查看质量，进行指导。工程干了不到20天，史进洪就去了7次。他的规划，都是因地制宜，灵活运用，按照自己的审美观和学到的园艺技术，菱形、三角形、弧形、曲线等，都有运用。这样的规划设计，让绿化地带充满灵性，不呆板沉寂。

工程不大，但对方企业名气大，联系广，他们把对工程的满意口口相传，使初生的代家村绿化公司在当地名声大振，这第一炮打得很响。

史进洪白天马不停蹄地奔跑，夜晚总以台灯为伴，代家村转型发展的一个又一个新举措相继走进他的灯下……以往代家村跑销路，主要是村"两委"干部和专合社骨干主动到周边区县和市外一些地方碰运气，有时，通过帮外地的一些同行送货，旁敲侧击了解点买家信息，然后主动上门去推销，销售渠道单一。经过夜以继日地潜心研究市场，史进洪改变了策略。通过"互联网+"的方式，开辟网上销售渠道，扩大产品影响力。代家村成为"中国花木网"的注册用户、百度推广的注册用户，打开网上卖花渠道。他们还通过微信、QQ群等电商平台推销自己的花木，让越来越多的商人了解到了代家村的产品，外地市场被逐渐打开，回头客也越来越多了。很快，他们有较为固定的客户100余家，产品在省内主要销往成都、德阳、雅安和宜宾，省外主要是广西、贵州和重庆等地。

2013年，代家村的红苕粉条、自制腊肉、手工茶也小有名气，史进洪又注册成立了"宜宾市中盛文化旅游开发有限公司"。这个公司成立的目的，是让代家村的花卉苗木形成产业文化，让代家村的土特产依托公司进行包装，形成市场化商品，得到商标保护。

2014年，支部带领村"两委"一班人建立了代家村科技产业示范园，分高、中、低档次培育花卉盆景，还注册了"乌蒙山盆景"商标。再次邀请省林科院专家到代家村指导培训花卉苗木造型技艺。先后组织了3批花农到成都、泸州等地学习园艺技术。全村有455人掌握了栽种技术，78人掌握园艺造型技术。

2016年，史进洪担任了上罗镇副镇长兼代家村村党支部书记，镇上给每个镇干部都安排了寝室，但只要不加班，他都会回到村里，晚上照旧走进他的村办公室。那盏相伴多年的台灯，见证了他的雄心和意志。

3. 第一家农家乐

2016年6月，时任宜宾市委常委、组织部部长蒋刚率队到代家村调研，提出要打造"升级版"特色产业，"要大力发展旅游业，让游客来了有看的、有耍的、有住的，鼓励代家村走上'农旅融合发展'的转型之路"。

2016年9月，时任珙县县委书记叶盛走进代家村。代家村是珙县的一面旗帜，也是他心中随时的牵挂。他已经多次到过代家村，走田埂，爬山梁，看产业，访问农户，开展基层党建调研，引导村民广泛参与幸福美丽新农村建设。代家村让他眼热又眼熟，因为这是他的脚板能够触之生情的先进村。这一次，县委书记鼓励史进洪和村班子成员：要发展壮大村集体经济，推动集体经济全面提质增效，着力增强造血功能。

市县两级领导的关心和鼓励，再次让史进洪和代家村人信心倍增，他们在转型发展的路上大刀阔斧地干开了。

聘请成都因特莱农业资讯策划公司，立足代家村地处毫雾山区"山间云雾缭绕，山表花卉满地，山脚绿水环绕"的生态环境优势，按照"山、水、花、房"相融的总体思路，以"梦中的花田，心灵的家园"为主题，科学编制了"依山傍水、错落有致、注重生态"的幸福美丽新村建设规划；

提出代家村要大力发展林下养殖、农家乐、山村旅游等产业，从以前的卖树，变成卖盆景、卖文化、卖旅游、卖服务；

根据上级意图，再次邀请省林科院专家到代家村，对代家村产业转型发展进行了详细的规划设计；

……

一个周末，史进洪吃过早饭就往外走，妻子见天气转冷，递给他一件风衣，顺便问："去哪？"

"村里随便走走。"史进洪说。

妻子从不多问，目送史进洪走上水泥道，才去收拾碗筷。

这是2016年11月的一天。村子里吹着小小的偏北风，毫雾山上，太阳已露出大半个脸，金灿灿的。

自从村子里发展了花卉苗木，每有闲暇，史进洪都喜欢去村子里随意走走，看着各种被村民们誉为摇钱树的花木，自有小小的成就感。他喜欢这种感觉，但他并没有满足，在他心里，代家村虽然在珙县小有名气，却只是迈出了第一步，勉强追上了外面一些村子。要让代家村凤凰涅槃，还有许多目标等待着他和代家村人一起来实现。

今天，史进洪不是去看村里风景的，他沿着新修的水泥道，直接往史元绪家走去。前面的新楼房，就是史元绪家的。

路旁的红叶石楠静静地待在那里，兀自红着。几只长尾巴灰喜鹊在黄葛树梢跳跃着，"喳喳喳"地欢叫着。

史元绪与史进洪同一个社，相距并不远，十多分钟就到。

史进洪没急着进史元绪的院子。他站在史元绪家院外的水泥路上，欣赏起他家的楼房，两楼一底，现代韵味，近两年才修建的，有300多平方米吧，还有个宽敞的院坝，挨公路，交通方便。

"总体条件不错！"史进洪自言自语地说了一句，一步跨进了院大门。

史元绪正坐在院子里喝清茶，他今天休假。史元绪一直在煤矿上班，平常都忙。现在不愁吃穿也不愁没钱花了，只要在家休息，他都要泡一壶茶，在院坝里安一张小茶几，一把背靠椅，跷起二郎腿好不惬意。他觉得，苦了大半辈子，现在已经50多岁都快退休了，应该好好享受一下生活。

史进洪的到来，让史元绪有点意外。他平时都忙得走路带风，今天空闲了？不对，肯定有事找他，像那一年来发动他栽树一样。

史元绪愣了一下，忙起身迎接。他先进屋，给史进洪搬来一把椅子，又进厨房，洗了一个玻璃茶杯倒上茶，说："书记你坐。稀客啊，喝茶。"

"我今天抽个时间，来找你随便闲谈。"史进洪说。

"好嘞，我一个人喝茶，正孤单着呢。"史元绪说。

史进洪给史元绪摆谈代家村的现状，摆谈代家村的过去，说出自己对代家村未来发展的构想。史进洪之所以向史元绪摆谈这些，因为史元绪是个老党员，21岁时在煤窑上就入了党，觉悟高，对村里的发展一直很关心，也喜欢提建议。村上第一年发展栽黄葛树，史进洪动员他，他立马就答应，栽了300多株。第二年村里继续发展黄葛树，他又栽了100多株。两次就把家里的地全部栽上了。本来他家不止这点地，村上修村委会办公室，需要占他的地，史进洪跟他一说，半点犹豫都没有，就把3亩多地流转了。对此，史进洪还老觉得对史元绪有一种歉疚感。如果他家的地不流转来修村委会，这些年史元绪的苗木该多卖好几万元钱了。

今天，史进洪来找史元绪，也是带着回报和补偿的心情来的。

聊着聊着，史进洪说出了来的目的："你家的房子宽敞，你就快退休了，可以在家里开农家乐。"

史元绪一听，直摇头："我们这山旮旯里头，哪个来吃？"

史进洪对村里开农家乐考虑了很久，他有充足的理由来说服史元绪："客源我可以给你打保票。你看，我们村自从开始销售苗木，外地的客商就源源不断地来到我们村，中午要吃饭了，可他们都跑到上罗镇去吃。有的客人是带客商来村上看苗木的，花木专业合作社接待，到中午了，礼节上我们也应该请人家吃一顿饭，如果村上有接待的地方，我们就不用带着他们往外跑了。去年我们村被省上评为'乡村旅游示范村'，今年县上又以我为原型，编排了一部《凤凰涅槃》的话剧，把我们代家村从穷到富的经历和新农村建设全都写进去了，在全市巡演，9月11日开始，还在全国巡演。这次巡演一过，我们村的知名度肯定会大大提升，来我们代家村参观学习的人肯定会多起来。"

史元绪喝一口茶，说："我相信你的判断，只是我没有经验，不知道怎么开。"

史进洪说："没事没事，我们当初栽树，还不是没经验没技术？我觉得我们村开办农家乐的时机到了。你相信我，绝不做没把握的事。我没动员别人家办，是因为你是老党员了，你办农家乐能充分体现我们村党员的先锋示范作用，还能体现我们的代家精神。仅这一个方面，就能赢得顾客的信任，肯定能做得红红火火。"

"那我就试试看。"史元绪说着就起身问史进洪，"你看我这里怎么规划装修一下？"

史元绪带史进洪对他的房间参观一番后，史进洪说："要做大，能够容纳上百人，今后村里人生日婚嫁办酒席，可以直接到你这里来吃包席。另外，要有两间雅间，满足接待少数客人的需要。你把握住这次机会，一定能在代家村闯出一条新路子，也会带动我们村的第三产业发展。菜品不要去跟风，不要去追求城里那些花里胡哨的东西，就做我们代家村的农家菜，这样客人吃得实惠放心，你自己也就地取材，做得拿手开心。"

史进洪边查看边说，还为装修出主意。比如那墙，住了这些年，墙面不整洁，需要全部刷一次涂料。窗子没有雨棚、窗帘，要装上。室内没有空调，要安装。要适应接待包席，室内的座位肯定不够，得把院坝利用起来，做上彩钢棚，客人多了好安放桌子……

史元绪笑了："书记这样说，我心中就有底了。"

史元绪是个做事心急的人，没几天，就从上罗镇找来做雨棚的师傅，"嘣嘣"地弄了几天，把彩钢雨棚安装好了，又找人把室内重新装修一番，把空调也安装好。

史元绪家的房子一下子洋气起来，比一般的民房上了一个档次。

史元绪家开始做这些事时，村里人还以为他家要办啥大喜事了，都猜他可能要招上门女婿了，问他多久办喜酒。史元绪又不好说自己要开办农家乐，怕村里人笑话他，只得模棱两可地说，到时候请你们。直到他买回一大车桌椅和盘子杯子碗筷时，邻居们才知道他要在自己家里开农家乐了。

真有人这样对他说："史元绪，你住着楼房，卖着苗木，拿着煤矿的工资，你还不满足？你是不是想钱想疯了？在我们这里开农家乐，请鬼吃啊？别做这个白日梦。"

这个邻居说的，正是史元绪最早的疑问。但他通过史进洪一番分析和点拨，心境豁然开朗，他坚信史进洪的眼光。因为他这么多年，就没见史进洪做过失败的事。

史元绪呵呵地笑着对那位邻居说："不试试，怎么知道没人来吃呢？就像我们村当初栽树，都说那树子卖不出去，只有用来做锄把，结果呢？我们全村人都靠卖苗木住上了新房子，过上了好日子，是不是？"

邻居说："这可不一样呢，我是为你好才提醒你，怕你把日子过倒回去。"

史元绪说："没事，我信史书记的话。"

邻居惊讶："史书记也支持你开农家乐？"

"是呢。凭我这脑袋，哪想得到这条路子？"

"那……我预祝你开门大吉！到时一定来捧场！"

"欢迎欢迎，开业我请你。"

2017年5月1日劳动节这天，一串鞭炮炸开花，炸出阵阵欢声笑语，代家村第一家农家乐开张迎客。史元绪家门口摆了两排迎宾花篮，像站立了两排着彩妆的迎宾女。前来祝贺的乡邻们穿戴一新地往他家走。最惹眼的，是从村委会到史元绪家的村道上，连绵停放了几十辆小车，他们都是代家村远道而来的客人。

史进洪让史元绪计划20多桌的客人，当时还担心没那么多人来吃，没想到这天却坐得满满的。那个为史元绪担心的邻居更是惊讶，是什么风一下吹来这么多的客人？他不得不承认，对于闯新路子的认知，自己永远跟不上史进洪的思维和眼光。

史元绪农家乐开业后，不仅方便了外面来村里游乐和买苗木的客人，也方便了村里人。家里来客人了，就带到农家乐里点几个菜，实惠又有面子。

一年下来，史元绪一盘算，居然有10多万元的营业额，这大大出乎他的预料。

4. 人工湖畔好休闲

人们常说，一方水土养一方人。

数百年来，代家村都离不开毫雾山龙洞里的水。因为是喀斯特地貌，聚集储存雨水难，村里虽然有20多个溶洞，但能储水的却只有5个，基本上每个社一个。祖祖辈辈缺水，代家村是有名的旱山村。近十多年来，在村"两委"带领下，通过一系列农田水利设施建设和整治，让溶洞水源得到充分利用，基本满足了村子里的浇灌和人畜饮水需求。

2017年，代家村响应上级的号召，发展乡村旅游，人气渐渐旺起来，可史进洪总觉得村里还缺一点景区必须具备的东西。

什么东西？

水！某一天，史进洪心里突然冒出这个字。

是的，水。有水才有灵气。如今的代家村，就缺一汪灵动的水域。

史进洪想到了刘家坨。刘家坨在3社与4社之间，山上龙洞有一股长流山泉水经过，却一直没得到有效利用。正好刘家坨那一片地在山坡脚下，荒着没种植苗木。史进洪想在那里建一座人工湖，把龙洞流出的那一股山泉水留住，可以在湖上开发游乐项目，比如划船、垂钓，在湖的周边打造步行道，种上花花草草，再安装一些健身器材，让村民们闲暇时也可以到人工湖周边漫步，锻炼身体，提高生活幸福指数。

史进洪是个有想法就必须付出行动的人。他一边让花木专业合作社把刘家坨21亩多土地以每亩500元流转过来，一边向县水利部门争取水利建设资金。

史元绪筹备建农家乐的同时，史进洪就有了这个想法。由谁来打造这个人工湖？他把村里的能人过滤了一遍，还是想到了史进松。

上一次想到史进松，是让他带头回村发展花卉苗木，给村里外出打工的年轻人带个头。这一次，是想到他的办事能力、管理能力和自身的资金积累。他在外面到处给企事业单位安装网络监控，做维护，接触的人广，视野开阔，会为人处世。2012年，全村进行整村推进发展苗木，史进松回村把家里的地全栽上紫薇，共计栽植了十多亩，给外出打工的年轻人做了个榜样。

2017年8月的一天，史进洪找到史进松，直接对他说："我们代家村有各种花卉苗木观赏，有史元绪的农家乐吃饭，但还缺玩的、住宿的，你帮村里把休闲旅游搞起来咋样？"

史进松说："我也看到了这一点，也想为村子振兴做点事。村里有需要，我会尽力。不过这是一件大事，我得考虑一下。"

过了十多天，史进洪又去找到史进松。这一次，可以说是长谈和畅谈。

史进洪说出了自己酝酿已久的设想："我们代家村现在虽然评上了省级乡村旅游示范村，但还缺硬件设施，我们把刘家坨这一片打造出来，好好地利用那一股天然龙洞水，它的水质好，可以搞特色鱼养殖，对外开放垂钓，周边打造成健康步行道，把它绿化起来，成为村里的休闲娱乐中心……"

他们谈了代家村将来如何发展的长远打算。两个人谈得很默契，很投机。史进松下定决心投资人工湖打造。

史进洪提出了具体方案：由史进松投资打造兴建人工湖和房屋建筑，村上负责打造湖周边环境，包括步行道、绿化苗木、路灯等。

这时，村上已经从县水利局争取到50万元建设基金。

史进松对修建很在行，他知道这次参与将是一笔不小的投入。他给还在浙江打工的父亲史元柱打了个电话，把事情说了一遍。从父亲口中，他才知道，史进洪曾跟他父亲说过这件事。

史元柱对史进松说："儿子，史书记喊你干，你就跟着去干，不会错的。"

史进松当时手中有170万元可用资金，都是他这些年打拼挣来的，难免有些舍不得拿出来冒险。但他想着史进洪为代家村付出那么多，让代家村发生了翻天覆地的变化，现在村里有需要，找到他，就应该出一把力。钱放在那里也是死钱，何不拿来为代家村建设作一点贡献？何况，经营得好，投入就增值了，不会比打工差。

2017年10月，人工湖建设拉开序幕。由村上组织举行了动工仪式，村里很多人来到现场观看。有些人不理解，私下里对史进洪议论纷纷，认为把白花花的银子投进去，没多大效益，是做无意义的事。也有人说史进松傻，那么多钱放在家里安安全全，投进去怎么收得回来？

村里修建人工湖，史进洪之前准备按招标形式进行，有两三个外面的老板有意投标，来村里查看后，都觉得这里太偏远，没把握，都摇着头走了。

史进松想的不一样，他是代家村长大的，在外面挣了钱，到家乡来投资，即便是亏了，也花在家乡建设上了。何况史书记目光远大，建一座人工湖，让"干旱村"变成"生态村"，是给未来留下发展空间。史书记真是把习总书记的话吃透了："生态文明建设是关系中华民族永续发展的千年大计。"想着想着，史进松觉得有点热血沸腾……

代家村人工湖被定为政府民心工程，计划一年之内建成，结果只用了7个月。占地总面积14466.7平方米，湖面10266.7平方米，其余的都是绿化和硬化面积。周边绿化、人行道、栏杆、路灯全配套，一次性完成。村子里一下子找到了城市公园的感觉。

担心人工湖堤坝漏水，架了两台抽水机，从冷水河抽水试压，进行检测。没出现问题后，又将水放出。史进洪说："人工湖里的水，必须全部引自刘家坨那个溶洞里的水。"

这个溶洞是史进洪早就看好的水资源。利用洞中优质的地下水进行生态养殖，也是他早就在心里规划好了的。

村里人习惯把出水的洞叫龙洞，不出水的洞叫溶洞或者岩洞。刘家坨这个龙洞在代家村几口出水龙洞中是最小的一口。洞口小，进去还是比较宽阔，有5米，深度有9米。底下的岩石缝中，一股涓涓细流叮叮咚咚地响着。村里人一直看不上眼，没有开发利用。这次，史进松组织人修了一条小沟，把那一股清泉引进了人工湖。这水，冬天温热，夏天清凉。因计划搞生态养殖，史进洪安排村上拿去进行了化验。检测结果，泉水富含多种矿物质，达到甚至超过矿泉水的标准。

这个化验结果，让史进洪、史进松都很高兴。下一步，就可以按照计划推进了。

2018年6月，人工湖蓄满水后，史进洪拿着水质检测化验单咨询水产专家，专家看了建议说，这水质特别好，可养优质野生鱼。史进洪回村后，让史进松投放了只有珙县才有的黄颡鱼、野生鲤鱼。这种野生鲤鱼人工培育不出，属于稀少鱼种。它鳞甲金色，身上发光，市场上卖到60元一斤。从某种意义上来说，他们也在繁育和保护野生鱼。

养鱼后，史进洪又建议史进松开办农家乐。

他对史进松说："我们村人工湖这边，外面人来划船、垂钓累了，没地方吃饭喝茶水，留不住人，你干脆在人工湖边把农家乐也整起来。"

"史元绪不是开办了一家农家乐吗?"史进松说。

"他的功能只是吃一顿饭,满足不了游客的需求。你建一家多功能的农家乐,集休闲、娱乐、餐饮、住宿于一体,才能适应我们村的旅游发展需求。"史进洪解释道。

依托人工湖景观,史进松开始了农家乐的修建。但关于建房用地,出现了一个问题,村"两委"没有土地赔偿相关政策,被镇上叫停。史进松当时心情很复杂,他不知道这件事情能否做成。后来还是史进洪提出了解决方案。他向上面提出,由他出面牵头,搞村企合作,负责补偿土地费用,双方共同发展、共同建设、共同受益。

史进洪提出了具体分成办法:史进松占三分之二,村上占三分之一。餐饮日常管理操作,由史进松负责。

代家村第二家功能更齐全的农家乐于2018年8月诞生了。

史进松的农家乐开业后,生意火爆。他们在美团外卖平台推出了一个餐饮吃住广告链接,客户在手机上一查找,就能驾车找过来。

农家乐开业,村里的5户菜农是最大的受益户。

史进云家因为儿子前两年得脑梗塞,手脚不灵便,日子过得紧巴。他家一直在种菜卖,以前都是到上罗镇卖菜,卖一次菜来回差不多耽误大半天。史进松的农家乐开张后,他们就再也没到上罗镇去卖菜了。从2018年8月开始营业到2019年底,一年零四个月,史进云家的菜卖了8万多元。

史万强是村上修通院落路就开始种菜的，以前种小葱、蒜苗，也都到镇上去卖。史进洪去动员他，建议根据村上农家乐的需要来种蔬菜，不用费力拿到街上去卖。他听了史进洪的，卖菜给史进松，干了一年零四个月，结账2.6万元，种菜效益翻番。

这是两家种菜大户。其余农户的零星蔬菜，史进松都予以收购，包括村上加工厂出产的红苕粉条等。

史进松的农家乐开张以来，生意一直不错。接待的客人以本地周边的居多，也有不少成都、宜宾等地的，消费者大都因口碑好慕名而来。尤其到周末，好些客户全家出动，玩耍后还要吃住一晚，农家乐仅有的7间客房，很多时候都不够用。

史进松想增加客房，正在与村上协商，准备适时进行扩建。

现在的代家村，不仅有一个人工生态湖，有风景如画的花卉苗木，有新民居，有农家乐，晚上还有了明亮的路灯。晚饭后，以前从不散步的村民，也喜欢到湖的周边走一圈，学城里人活动活动筋骨，锻炼一下身体。村民们的脸上像湖水一样荡漾着幸福和快乐。

人工湖带给村民的愉悦远不止这些。代家村投入25万元修建的两个文化健身广场，与碧绿湖水两相对望，相映成趣。投入21万元购买安放的两个LED大型液晶显示屏，倒映在波光粼粼的水中，跳动着奇幻的立体画面。由21个男女村民组建的乐鼓队、秧歌队两支文体队伍，活跃在湖畔广场上。他们每晚带着村民跳坝坝舞，还作为代家村春节联欢晚会的主力登台表演，鼓乐齐鸣，歌舞翩翩，笑声掌声欢乐之声响彻山谷，沸腾的场景让周边村的群众看得心动不已。

同时，每年开展的"文化院坝""农家书屋""电影下乡"等文化惠民活动和最美致富能手、模范老人、好儿女等"十大评选"，也以生态湖为核心，开展得多姿多彩。文化生活日益丰富，代家村人在物质富裕的同时实现了精神富足。

走进代家村，"十里不同景，人在画中游"，以"观花、采果、休闲、亲水"为主题，依托日益壮大的"花海山村"，以"代家产业发展、花卉品种缩影"为背景，建成了"花文化"展览馆、人工休闲湖、花卉观光路、观光亭等景点，实现产业发展与村庄建设相融互动，充分彰显了山清水秀、鸟语花香的田园风光，让原有的村落形态尽显田园牧歌特色，让人记得住"乡愁"。

有一位社会科学专家来代家村调研后感叹：没有无用的地，只有无用的人。史进洪能在这片被前人开发了数千年的土地上不断挖掘它的潜力，不断发现它的优势，是因为他心中有一个伟大的梦想。

2016年，代家村实现了整村脱贫摘帽，2019年，全村人均纯收入由2003年的1668元上升到了14668元。史进洪说："我必将不辱使命，全力打造代家村精准脱贫的'升级版'，带领村民在全面小康、共同富裕的路上迈进，让村民的幸福感、获得感越来越强！"

5. 野竹子也值钱了

川南宜宾盛产竹，蜀南竹海驰名海内外，珙县也竹林满山。

代家村那些山梁上的峭壁、石头缝、石板坡，无不被竹子霸占。这些野竹子命贱，一代一代，历经各种自然灾害，无人浇灌和施肥，都那么茂盛地生长着，守护着那些山头。

在当地，村民们除了用这些竹子来编制一些竹编竹器，就是任其生长，缺柴烧的时候就砍回家煮饭。近些年，村里为卖花卉苗木修通了多条产业道，便利外地车子进来为纸厂、竹片厂收购竹子，每吨100元到150元，除去砍竹子的工钱，等于竹子白白送人。

史进洪开始对这些野竹子动起心思。

他想，这些竹子与其让别人拿去赚钱，不如把它们利用起来，为村民们增加收入。

对于竹子，史进洪是有深厚感情的。17岁那年，要不是走进那片茂密的竹林，要不是竹林的竹叶帮他保暖，不知那晚会冻成啥样。

宜宾因盛产竹子，纸厂多，竹片厂也多，但在珙县却少。代家村能不能自己办一个竹片厂？

2018年9月，史进洪去了宜宾纸业公司，找到公司黄经理咨询。

黄经理很热情地接待了史进洪，把他领进办公室。

黄经理给他算了个账："每吨竹子制成产品竹片，卖给纸厂有50元纯利润。"

"这个利润稳当吗？"史进洪问。

"这是最保守的计算。管理得好，降低收购竹子成本和人工成本，还不止这么多。"黄经理说。

史进洪来了兴趣，又问黄经理："办一个小型竹片厂需要多少资金就能运转起来？"

黄经理默算了一下，说："把设备、安装、电力、厂房场地全算一起，只需要投资45万元。"

45万元的投入，对于现在的代家村来说已不成问题。史进洪还是想引进一个懂行的老板合资，让他来管理厂子。投资人联系好了，是宜宾的，很懂行，准备投资几十万。史进洪当时为能够联系到这样一个合作伙伴感到高兴。

但很快他的心情就沉重起来了。因为谈到具体的利益分成时，对方说："我是主要投资方，要先保证我的利益，其余的，赚多赚少，盈亏村上全部兜底。"

这个条件不平等，利益共享，风险共担，这是合作的基本规则，不能村上吃亏，史进洪毅然拒绝了。

与人合作办竹片厂的事告吹。史进洪与村"两委"几个成员商量后，决定由合作社拿出20万元买设备，厂房修建先由施工队垫资，村主任担任竹片厂厂长。

办竹片厂的事就这样敲定。2019年2月4日，代家村竹片厂破土动工修建。厂房简单，一个月不到就修建好了，去长宁买回机械设备，设备厂来人安装。安动力电时，县电力部门给予了很大支持，又为代家村节约了一笔资金。

5月初，村里安排专人骑上摩托车到周边各个村子的路口贴出收竹子的广告。围观的村民看到每吨竹子480元，惊喜不已。想起外面人进来收购，每吨才给100元到150元，他们有些不相信那广告的真实性，还跑来村上问询。

靠本村农户零散砍竹子卖，保证不了工厂的正常生产。竹片厂与几个专门卖竹子的人签订了收购协议，他们长期到周边村社收购竹子运到竹片厂卖，赚差价。

5月18日，代家村的竹片厂开始生产竹片了。

竹片厂不需要专业技术人员，只需要懂得机械运转和维修就行。4社村民、50多岁的吴林远，以前玩各种柴油机、打米机，村委会决定让他负责生产管理。

竹片厂的建成投产，让4社村民史元礼兴奋不已。他家那一片荒山坡上有很大一片竹林，除了卖苗木的收入，他家的竹子砍了十多吨，增收6000多元。

龚庭奎家的竹子也多。他是从后营村来到代家村4社的上门郎，过来十多年了。刚来啥都没有，女方有一个小孩刚上小学，给原来老公治病的贷款需要还，弄得家里一贫如洗。他家住在4社一道山坡上，路不通，要运一点大型货物，都请人帮搬。现在路通了，去年他卖竹子也近两万元，在场镇上买了房子，装修一新。

竹片厂的建成，还为周边村民提供了又一条生财之道。原韩家村、金钟村、麻柳村、宝圣村的农户都把竹子运来卖，还有更远一些的，筠连县、珙县其他乡镇的农户也受益。

代家村竹片厂自投产以来，村道上多了一道风景。几乎每天都能看到一车一车的竹子运进竹片厂，也能看到竹板的成品运出厂。

竹片厂的收入，正如纸厂黄经理所言，一吨能赚50元，每天出产品一车30吨，可以赚1500元。竹片厂每个月能给代家村集体带来至少2万以上的收入，几乎没有市场风险。

野生竹子毕竟有限，为了保证竹片厂的竹源不断，2018年11月，代家村又发动了一次栽竹运动，所有剩余的坡坎都栽了竹子，有楠竹、茨竹、硬头黄竹、棉竹共1029.4亩。茨竹、硬头黄竹、棉竹都是本地原来野生的品种，楠竹是引进来的。

4社的史学刚今年32岁，是村里从没出门打过工的年轻人。2010年，22岁的他刚要外出打工，想挣到钱娶老婆，被史进洪劝住了，说在家发展苗木，也同样能娶到老婆。史学刚便留下来了，在地里先栽了几亩黄葛树，后又栽了几亩紫薇。他母亲有次病了，在宜宾医院住院，病房有一个云南水富县的女子在同病房照顾她弟弟。两个人在交谈中，女子问他家乡怎样，史学刚说，村里发展花卉苗木，先栽的村民都致富了。云南女孩听到很羡慕，说想去他家乡看看。带回村里一看，那个家住水富县城的云南女子居然喜欢上了代家村，就嫁了过来。要不是代家村发展了苗木，可能史学刚会像上一辈人那样，哪有这么容易娶到一个县城的女孩子为妻。

史学刚的家以前很穷，住草房。栽了树，2014年就可以卖了，史学刚很开心，想着卖了树有了钱，就可以修新房了。史进洪却找到他，对他说，你先买辆货车，帮村上运送苗木，只当在自己家门口打工，房子等一两年再修不迟。于是，在2014年，史学刚买了一辆货车，帮村里运送苗木，重庆、泸州、成都、德阳……哪里买就送哪里。挣到钱了的史学刚，后来花了20多万元修了一栋漂亮的大房子。

卖苗木、跑运输让史学刚一家过上了富足日子。但是，2018年他却得病了，因为血压高引起了脑出血。医生叮嘱：不能跑运输了，在家疗养。

史学刚的父母也一天天变老，他是家里的顶梁柱，疾病让他心情一下子跌到低谷。

史进洪担心他的病会让他家返贫，与村"两委"成员商量，决定在竹片厂给他安排一个岗位。事情定了后，史进洪去找史学刚，让他到村竹片厂过地磅收购竹子、发钱，顺带指挥收购回来的竹子的堆放位置。

史进洪本以为史学刚会立马答应，毕竟，村里很多人都觊觑着这个岗位。谁知，被史学刚拒绝了，这让史进洪很意外。问他原因，他说，以前没干过，担心干不好过秤、数钱这项工作，出了差错对不起村上和史书记。

史进洪劝了一阵，也无济于事，离开时对史学刚说："你再想想，与家人商量一下。岗位暂时给你留着。"

史进洪很牵挂史学刚一家。他的病累不得，一干重活就容易出事，又不是一下子就能养好，长期这样下去不行，刚过上好日子的一个家庭，会慢慢返贫。过了几天，史进洪又去到史学刚家。这天，史学刚在家带两岁的娃娃，妻子去了苗圃地侍弄苗木。

史进洪对史学刚说："学刚，你考虑得怎样？我今天来还是劝你去竹片厂上班，工作就是过地磅、发钱、指挥一下竹子的规范堆放。我觉得这些活不影响你的身体，适合你来干，每个月至少还可以挣到1600元工资。钱虽不多，但你们全家一个月的开销总够了吧？你看你，现在可以在家带娃娃，过一两年娃娃上学去了，你又干啥？你想一下，长期待在家能心安理得吗？你会不会厌倦？现在我们村上有这个平台，厂是我们自己的厂，你养病，村上照顾你一个轻松岗位，你还不领情？过地磅、给卖竹子的人发钱，有啥好顾忌的？我们不是有句俗话叫做'错账包来回'？算错了有发票在，数钱有点钞机，你的担心是多余的……"

史学刚的顾虑最终被史进洪给打消了。刚到厂那一天，史进洪亲自看着他过地磅，结算钱，没出差错才离去。但史进洪还是有些担心史学刚，随时都来厂里查看，对史学刚说："在账上一定要做明白账，还有要注意工人安全。钱要赚，安全也要抓。"

现在，史学刚一家人都团聚在村里，看护着苗木，照顾着两岁多的孩子。一家人其乐融融，开心快乐。

史学刚的内心里很感激史进洪，也很庆幸自己生活在代家村。

6. 再办一个竹纤厂

代家村在2018年11月发动的那一场大规模栽竹运动，栽下1000多亩竹子，其中有一半是楠竹。村里人不明白栽楠竹干啥，因为村里的竹片厂一般不用楠竹，它的原材料主要是本地野生的茨竹、硬头黄竹、棉竹。

村里人不知道，开发竹子产业，办竹片厂只是史进洪计划中的第一步，只是先把村子里那些漫山遍野的野生竹子利用起来，让农户把这些闲置如荒草的竹子变成钱，补贴家用，增加一笔家庭收入。

竹片厂运营后，一般的农户家一年也能卖一两千元零花钱，对于那些山里竹林多的农户，却是一条生财之道。比如4社的龚庭奎家，一年能卖一两万元。看到竹子也能卖成钱，2018年11月村上发展栽竹子时，他家又栽了好几亩。史进云家也是，他家的竹子比龚庭奎还多，从2019年2月竹片厂生产到年底，卖了3万元。

　　竹片厂的投入运转，既让山里的野竹子得到开发利用，让老百姓得到实惠，又增加了村集体收入。这样生态、无污染的厂子，远比那些圈农户土地建厂的社会口碑好得多。代家村的农民不一样，土地是他们的，山林也是他们的。土地里的苗木可以卖钱，山林里的竹子也可以卖成钱，作为农民的根底还在，他们感到心里踏实和幸福。

　　这个踏实和幸福，是代家村村"两委"给他们留住的，是史进洪给他们保住的。

　　史进洪让村里人发展栽楠竹，他心里早就在谋划另一个与竹子有关的厂——竹纤厂。因为投资巨大，才暂时没有启动。他在等待时机。

　　建竹纤厂的想法，是在办竹片厂之前。那是几年前史进洪到宁波考察当地一个竹纤厂，参观时，史进洪看到厂里生产的竹制产品琳琅满目：竹纤维、竹茶盅、竹茶杯、竹锅铲、竹勺、竹衣架、竹牙签……史进洪看上的不是生产竹纤维，那个投资大，竹纤厂的投资需要100多万，一个偏远山村的实力太小。更何况江浙一带是全国出名的竹产地，而宜宾只是四川的竹产地，原材料都不敢跟人家比。他看上的是竹纤系列的竹制小产品。

　　在宁波竹纤厂考察，接待的人是该厂王总。听了王总的介绍，史进洪几乎是默默下定了决心，要在代家村办一个竹纤厂。因为从王总的介绍中得知，竹纤厂的建成，能解决近百名人员务工。在目前代家村苗木产业臻于饱和的状态下，竹纤厂的建成，无疑是留住年轻人、增加村民收入的又一条好路子。不能老是出去进别人的厂打工，帮别人赚钱。进了自己的工厂，为自己村集体赚钱，然后再自己受益该多好。村上有企业，家里有产业，这是多么美好的一件事。

习总书记说过：一定要把我们的老百姓，特别是我们的农民扶一把。作为村支书，在创办企业、带动村民发展产业的时候，不能老是想着自己的政绩，而是要想着企业、产业能不能对老百姓有利，能不能帮扶他们一把。

史进洪离开宁波竹纤厂的时候，特意带了好几样竹制品回到代家村，摆放在家里显眼的位置做留念，目的是让它们随时提醒自己不要懈怠，他心中还有件大事没为代家村办成。

办一个竹纤厂，需要100万的投资，这是史进洪找专业人士预算过的。2019年2月竹片厂投产运营之后，史进洪把办竹纤厂的事正式提到村"两委"议事日程。他组织召开了专题会，通过与村班子成员研究，决定找合伙人投资，但控股权必须掌握在代家村集体手中，绝不能落入被私人操纵的地步。

通过联系，有三个老板愿意投资，与代家村合办竹纤厂。他们分别是史进良、冯传建、史桃。协商结果是，只允许他们投资35万，多余的钱不接受，代家村村集体投资65万。这样，村上就有了绝对控制权。

史进洪与三个投资合伙人商量，让他们三人先到四川周边去考察一下，看周边有多少这样的厂。

三个合伙人去了大邑县、江安、长宁和贵州赤水等竹子盛产地的竹制品厂考察，主要考察了他们的实际操作流程、产品销售、价值效益等。这次考察，他们发现，目前这类产品根本不愁销售，很多省都没有这样的生产厂，尤其是不产竹子的北方，更是主要的消费对象。放眼全国市场，目前正是一个非常旺销的时间段。尽管全宜宾有120多家竹纤厂、竹器厂，多集中在长宁，但规模都不大，投资都不到100万。按史进洪的规划，投资100万兴建一个竹纤厂，在宜宾市算是比较大的一个竹制品厂。

一句话，考察结果是，竹纤厂的前景广阔。

史进洪以村上的名义，请来浙江宁波竹纤厂的专业人员，对厂房进行规划设计和修建指导。厂房于2019年下半年开始修建，为便于运输，选址在村公路边。2020年的春天，地处偏远的代家村竹纤厂筹备建设有条不紊地进行着。

机械设备是从杭州买回来的，每天由专人与运输车保持联系，直到机械设备和厂里派来的安装技术工人安全到达代家村，大家才松了一口气。

竹纤厂一共买回6条生产线的机械设备。浙江过来的技术人员说，每天正常运行生产，能消耗30吨竹子，生产产值每个月在140万元左右。每条生产线需要安排工人10个，6条生产线需要招收60名工人。另外，推竹子、开叉车、开铲车、过地磅等还需要20多个工人。

2018年村上发展的楠竹，就是为竹纤厂准备的原材料，尽管楠竹比本地野竹子大，三四十根就有一吨，但远远不够。竹纤厂于2020年4月投产运营，每个月消耗楠竹900吨，对竹子的需求量很大。因而，发展楠竹种植还有很大空间，除了代家村种植外，周边一些村子也可以发动村民种植楠竹。

农户栽种楠竹，与栽种花卉苗木一样赚钱。而且，楠竹笋子还可以卖钱。这是竹纤厂为周边老百姓带来的又一条产业路。

竹纤厂也是一个无污染的企业，丝毫不影响代家村的生态旅游发展之路，就是剩余的竹片废渣，也加工制成环保型能源竹炭，还很受消费者喜爱。

到2020年，代家村的竹片厂、竹纤厂、珙县代家苗木绿化公司、宜宾中盛文化旅游综合开发有限公司、珙县群兴花木合作社、代家村农家乐，解决了代家村200余名剩余劳动力就业，是代家村集体经济强有力的支撑，成为代家村走上共同富裕的基石。

以前死气沉沉、不见年轻人在村子里走动的代家村，现在依托产业、企业，留住了年轻人。整个村子人气旺盛，充满了朝气和活力。

7. 兰花香飘代家村

一天，原韩家村村"两委"办公室门口迎来一群人。他们把一块写有"代家村兰花茶研制中心"的牌子挂在原韩家村村"两委"门口。

这天是2020年农历三月初二。

2019年12月，新一轮村建制调整改革启动，原韩家村和代家村合并为现在的代家村，以前只有251户农户、1079人的代家村，现在有农户430户、1772人。

原韩家村比代家村位置更为偏远，山更高，生存环境更艰苦，农户收入要低一些。代家村经过十多年的打拼，产业、村道、水利设施、民居都发生了巨大变化，已是远近闻名的富裕村、示范村，村民们的幸福指数领先于珙县许多乡村。

刚开始，代家村村委会村民听说要把原韩家村合并过来，心里不太高兴：这不是来拖代家村后腿吗？一部分代家村人不答应，向村上反映。

史进洪虽然调到镇上任副镇长了，但代家村的村支书还是他继续兼任着。他组织召开了两次并村大会。史进洪在会上说："既然代家村与原韩家村合并了，我们就是一家人了。原韩家村底子薄，基础设施差，也没有成规模的产业，现在我们的基础建设投资和产业发展重心要向原韩家村那边倾斜，希望大家胸怀更宽广一些，不要在心里再分什么代家村、原韩家村了……"

怎样为原韩家村那边找到一个好产业？

史进洪得知，高县新开发出来一种兰花茶，一投放市场，就很受消费者欢迎。史进洪动了心。

代家村有种茶的历史，山上至今还有野生茶树，村里有农户还在手工制作，周三爷的手工茶还做成了商品。兰花对于代家村人来说，从20世纪90年代就开始种植，也有着先天的优势。

史进洪决定组织一个考察队去高县兰花茶公司考察。他把这个任务交给了村委会副主任、村文书聂红禹，由她带队。

聂红禹是代家村新培养起来的年轻女干部，才30出头，曾经担任过代家村团支部书记和村社会事务管理员。聂红禹做事认真，任劳任怨，虽然年轻，却很受村里人钦佩。

聂红禹家原住5社。进村"两委"班子之前，她是个家庭主妇，在家搞种植养殖业，照顾瘫痪的公公、带娃儿。她老公周小彬原来有一台小四轮车跑运输，帮人装猪、运货。一次，在巡场一个陡坡刹不住车，甩在沟里，差点送命，后来买了一辆大型号的机动三轮继续跑运输。因为起步早，路子广，村上他家这一辆车生意最好。他家在十多年前就种了十多亩香桂，后来跟着史进洪种黄葛树、红叶石楠、紫荆、紫薇、桂树，还有梨树。

　　聂红禹娘家在筠连乐义乡。现在能够这么勤勤恳恳踏踏实实做事，与她小时候经受的磨难有关。聂红禹刚读初中时，灾难突然降临到她家。她父亲本是一个体格强壮的石匠，能挑300斤重的担子。一次开山采石受了伤，脚不能行走了，她哥哥也得水肿病。地里的活落在母亲一人肩上。刚上初中的聂红禹每天早上起来，除了煮一家人的饭，还要给父亲和哥哥把药熬好，把猪食弄好，才去上学。家里没钱，星期天把菜园里的黄瓜背到上罗镇去卖，5分钱一斤，卖的钱给父亲、哥哥抓药。去镇上没有车坐，全靠走路；家里太穷，就是有车也没有坐车的钱。2004年，她来代家村相亲时，村里已经在发展栽黄葛树了。当时代家村虽然还穷，但她看到了代家村的希望，就嫁了过来。

　　2008年，村里一个以前开煤窑的老板，在成都开了一家5星级酒店，为了回报家乡，回村招募服务员，这时年仅22岁的聂红禹小孩已经一岁多，不吃奶了，她想出去打工多挣点钱，家里的苗木有公公照管。聂红禹便报名去了成都。刚出去打工不久，家里打来电话，说公公因为高血压，上厕所摔了一跤，瘫痪了，需要她回家照顾。而这一年，她的老公也到重庆打工。聂红禹第一次出外的打工生涯就这样结束了。此后，老公每天外出跑运输，她每天照顾瘫痪的公公、年幼的孩子和地里的苗木。

　　种黄葛树卖到钱了，她家就在村公路边修了新房，从5社的山弯弯搬家到交通便捷的村道边。

　　2009年，刚刚23岁的聂红禹，被通知去村办公室参加黄葛树种植授课，那天她见到县委书记了。县委书记讲产业发展，她听得特别认真，尤其是那一次课上讲到的"勇敢闯、顽强拼、齐奋进、共富裕"的代家精神，让她特别感动。

聂红禹觉得自己很荣幸，在2020年这个非常时期，被选为村副主任兼村文书。

在史进洪的安排下，农历三月初，聂红禹带领代家村4个兰花茶考察队员出发了。

高县和珙县都是贫困山区县，茶厂老板很热情。老板介绍说，他们的茶叶基地建在顶峰寺山上，种茶让当地贫困农户脱了贫，作为一个企业家，他感到很欣慰。老板对兰花茶的制作做了详细介绍，还带她们参观了茶厂的春茶制作，又带到山顶茶叶基地去参观了"顶峰茶叶"园。山很高，缥缈在云雾之间，刚冒出嫩芽的茶树，飘着清香。茶树按规划栽种，显得井然有致。考察结束时，老板送给聂红禹一本书，让她带回去学习。老板说，书中写的就是兰花茶的栽种制作工艺。

回到村上，聂红禹先向史进洪书记汇报了考察结果。史进洪让她召集村社党员干部，在5社主持召开了一个兰花茶考察报告会。因为5社也被纳入兰花茶种植基地。聂红禹做完汇报后，史进洪做了动员落实，要求大家对原韩家村产业发展要充满信心，像当初支持发展代家村苗木产业一样，支持原韩家村的兰花茶产业发展。

现在的代家村，领导班子在发展产业的打拼中早已锻炼成一支"钢班子铁队伍"，心往一处想，劲往一处使，很有凝聚力。会上，围绕兰花茶基地规划了产业路。

与原韩家村并村后的2020年1月，代家村村"两委"把解决原韩家村交通不便作为燃眉之急来抓，首先规划一条16公里的环山产业路。新年一过就开进两台挖掘机，开始修路。

过年是基层干部最忙的时候。聂红禹还兼任着村合作社财务员，年三十还在村办公室算账，一直忙到傍晚，村子里响起了此起彼伏的鞭炮声，她才锁上办公室门往家里走。本以为正月初一可以轻轻松松陪孩子和家人耍一天。正月初一下午却接到镇上通知，开始组织村上防疫抗疫。正月初二，防疫抗疫工作正式在代家村展开。代家村实行了"山弯联防"的举措，在进出村的两个路口设立两个卡点，党员干部轮流蹲点，对进出村人员实行登记和体温检测。把全村430户农户平摊到十多个村组干部头上，每个村干部大约分摊28户。

聂红禹也分了28户。

那段时间真够她忙的，走访、登记、蹲卡、测体温、宣讲，整天如同打仗一样紧张。

一方面忙于抓防疫抗疫，另一方面，原韩家村的公路修筑也没有放下。因为是偏远乡村，人口居住稀疏，可以进行劳作。正月初二一过，协调农户土地、放线、指挥挖机挖掘路基、谋划兰花茶产业……村"两委"班子各就其位，一手抓疫情防控，一手抓复工复产，各项工作有序进行。

值得一提的是，被称为村级"钱袋子"、村级"国库"的集体经济，在代家村人的遗憾中消失几十年了，如今又在代家村人热切的期盼和不懈的努力中鼓起来了。史进洪说："村级有了钱袋子，村里办事不再难。用好村级钱袋子，不给国家添负担，还给群众添笑颜。"

农历二月，村"两委"决定，用代家村集体经济的钱，给原韩家村村道安装路灯。

从正月初一下午就开始上班的聂红禹，一直没休息。这时，村上又派她同3社老社长郭维刚、老协会长周道容、1社社员史进松、原韩家村原老会计冯厚均，还有韩家1社社长、5社社长，他们去量路灯电杆窝子。量窝子马虎不得，距离要保持一致，路两边要对称。拉皮尺、定点、画石灰圈、计数……各做各的事。聂红禹负责统计每个社有多少个窝子，然后汇总，村上再统一安排购买路灯所需器材设备。

原韩家村路灯点亮的那个晚上，从在水泥路上走来走去散步的村民脸上可以看到，原韩家村人的沉寂生活也被点亮了。和代家村相比较，他们合并不到一个月，就用上了路灯，夜间可以放心走路了。

2020年农历三月初二，"代家村兰花茶研制中心"挂牌时，防疫期间种下的200亩茶叶苗已经在春风中发出了新叶。配套的兰花大棚，按照1亩兰花配30亩茶园的比例，也在原韩家村原村委会旁边完成了搭建。

兰花茶是代家村与另两家公司以合作的模式进行开发，办公点设在原韩家村原来办公室处，现在改为代家村"兰花茶研制中心"。

下一步，代家村与合作方正在筹建茶叶加工厂，地点也建在办公点旁边。

兰花茶，势必香飘四方。

8. 步履铿锵

　　2021年，代家村迎来了新一轮发展机遇。4月，一个春风和煦的日子，新任县委书记雷涛来到代家村调研。他心里早就装着代家村，上任不久，他就在思考一个重大的历史性新命题：如何推动脱贫攻坚与乡村振兴有效衔接？

　　陪同调研的领导中，有现任珙县常务副县长严宏。严宏担任组织部长多年，对代家村的成长了如指掌。一踏进代家村的土地，他心里总有一种亲切感，那是因为太熟悉，触之生情。

　　一行人参观了代家村的盆景园。这个让代家村人家家户户喜笑颜开的偌大的盆景园，姹紫嫣红，生机盎然，花卉树木千姿百态，美不胜收。他们一边欣赏，一边听史进洪的讲解。随后走进兰花茶基地。200多亩兰花园中，一行行兰花苗整齐排列，在微风中伸展着腰肢，向来宾点头致意。"忙了一年多，兰花茶很快就要进入市场了。"史进洪在一旁介绍，带着一张灿烂的笑脸。

随后，调研人员走进代家村农耕文化乡愁记忆馆，走进"不忘初心，牢记使命"主题教育馆，跟随讲解员兴致勃勃地学习和参观。

雷涛书记对代家村的发展给予了充分肯定。根据乡村振兴的新要求，他鼓励代家村尽快迈上新的台阶。他和随行县领导围绕代家村的产业发展、基础设施、综合治理等方面把脉开方，与代家村村"两委"交换意见，对乡村振兴的工作思路提出了具体要求。

5月27日，一场别开生面的党史教育课在代家村举行。由几十名党员、全体村社干部、20多名村民代表、部分群众参加，村委会会议室座无虚席。授课人是县委常委、组织部长周清岚。这是他就任后的第一堂基层党课，专门安排在代家村。他知道，代家村是珙县基层党支部带领群众依靠乡村振兴、走上共同富裕道路的成功典范，也是新时代珙县乡村发展的一个缩影。讲完党史课，周清岚又在史进洪的陪同下到代家村参观，要求代家村大力发展乡村旅游，做好乡村振兴示范样板。

史进洪一直都觉得自己是在挑着担子走山路，肩上沉甸甸的，前进的脚步一刻都不敢松懈。来自宜宾市和珙县各级领导每一次关切的目光，都让他在心中孕育着一个新的想法。

发展乡村旅游的要求，与史进洪的想法不谋而合。史进洪在2021年代家村迎春茶话会上大胆地提出：要大力发展乡村旅游，代家村要争创"AAA"级旅游景区。

　　大年还没有过完，史进洪就坐不住了，带着村主任跑大城市，找来旅游策划的专业团队。设计人员一头扎进代家村，一干就是一个多月。而真正的策划者，还是史进洪。他白天带着设计人员爬山头，转山弯，进院落，晚上和他们一起挑灯夜战，研究方案。智慧的碰撞，思路的交锋，史进洪和他们有过面红耳赤的争执，但更多的是达成共识后的开怀大笑。

　　旅游蓝图终于绘就。县文旅局领导带工作人员进了村，调研，指导，帮助修订规划。

　　没过多久，村民愕然，因为他们在不经意中发现村里多了许多他们从来没有见过的新玩意儿：导游图、全景图、游客中心、接待中心、停车场等。一个个大小不等的广告牌，吸引了村里大人小孩的围观、拍手。他们隐隐感到，家乡要热闹了。

　　史进洪暗暗许下诺言：要以争创"AAA"级景区的实际行动庆祝我们伟大的中国共产党成立100周年。

　　春风得意，一切都在紧锣密鼓中推进。在各个旅游景区打造的工地上，史进洪又像一只被鞭子抽打着的陀螺，全身心地旋转。

　　规划设计的8.8公里旅游观光道路统一加宽3米，因为县领导说了，要保证大型观光车通过。建一个儿童乐园，让小游客在代家村玩得开心。溶洞！溶洞！那可是代家村人的最爱，睡上千年，让它们一醒惊四方！史进洪拍着胸脯，一脸的喜悦。按星级标准开发，安装彩色灯光，修建文化设施。史进洪还有一个更大的设想：村里的毫雾山林场，生态优美，负氧离子充足，一片净土，有如仙境，为何不打造成康养基地呢？村"两委"成员拍手通过。村干部兵分三路，开始招商引资。

代家村人合着时代的节拍，在乡村振兴的征途上心手相连，步履铿锵，共同富裕的道路定会越走越敞亮。

后 记

为了乡亲们的期盼

第一次走进代家村是2017年8月初，这时的史进洪已经是中共中央组织部确定宣传的"两学一做"典型人物，我负责完成他的报道。我跟着他召开座谈会、入户走访村民，跟着他在田间地头转悠，几天的采访后完成了一篇报道，开头这样写道：

伏天的川南山区，一会儿酷日当头，一会儿风雨大作，史进洪的心也跟着七上八下。

史进洪是四川省珙县上罗镇副镇长、代家村党支部书记。8月4日一大早，史进洪就往1组赶，他惦记着村民们地里的花卉苗木——前两天狂风大作，若不及时剪去残枝败叶，就会影响到花木正常的水分吸收。

史进洪在地里细细查看。"史书记坐下歇会吧。"村民说。史进洪用手背抹了一把汗："千万记得除杂草时别用除草剂，宁可自己辛苦点，也别让残留物污染土壤。"

这是一段原汁原味的现场直击。报道分为三个部分，是一篇是现场情景式报道，刊登在《人民日报》8月21日要闻版《两学一做·榜样》栏目，题为《住上好房子　不忘好班子——四川珙县代家村党支部带领村民脱贫致富》。

从那以后，尽管工作事务和业务都异常繁忙，但代家村却始终在我心里占据了一个角落，想一想就有些激动。

此后，我又多次与宜宾市珙县组织部的同志聊起代家村。史进洪书记每次出差到成都，我都想听他讲代家村的变化，有时在办公室，有时在茶馆，每次都聊得十分开心。

难以割舍的"情缘"，源于代家村人奋斗历程所折射出的一道时代的亮光，这就是共同富裕！

党的十八大报告提出："必须坚持走共同富裕道路。"牢牢把握这一基本要求，对于逐步解决城乡区域发展差距和居民收入分配差距较大的问题，充分发挥中国特色社会主义优越性，具有重大意义。

代家村地处乌蒙山区，是典型的喀斯特地貌，是无区位、无资源、无产业的"三无"村，贫穷帽子戴了几十年。这些年，脱贫攻坚的实践证明，唯有共同富裕的道路，才能让代家村人彻底摆脱贫困。

为了满足乡亲们共同富裕的期盼，史进洪担任村支部书记以后，从改善生产生活条件入手，与落后的交通、通信、水利等基础设施"宣战"，历尽艰辛，矢志不渝。为了找到一条适合代家村产业发展的路子，他大胆探索，敢担风险，用行动和效益赢得群众的信任，激活了群众的内生动力。代家村调整产业结构，打绿色牌，吃生态饭，通过发展绿色产业来助农增收。通过产业的带动，大力解放和发展生产力，放手让一切劳动、知识、技术、管理和资本的活力竞相迸发。代家村党支部独创了等比定销法，有效地解决了收入分配差距较大的问题，从体制、机制上保障村民朝着共同富裕的方向稳步前进。

当前，中国农村正在进行乡村振兴的伟大实践，共同富裕是乡村振兴战略的出发点和归宿。关注乡村振兴，书写共同富裕，描绘时代的壮丽画卷，是我们文字工作者应有的担当和使命。任重道远，愿与同人携手同行。

本书在创作过程中得到了宜宾市委组织部领导、珙县县委领导、珙县县委组织部、珙县县委宣传部的支持，得到了文友杨俊富的支持，在此一并表示衷心感谢！由于时间匆忙，采访还不够深入，文本叙述还不尽如人意，敬请读者海涵。

作　者

2021年6月5日